듣기 좋은 말 하기 싫은 말

임진아 에세이

더 나은 어른이 되기 위한 기록

NUANCE

좋은 하루를
보내는 게
더 중요하니까

오랜만에 엄마가 집에 놀러 와서 모처럼 엄마가 좋아하는 카페의 커피를 마시고 싶었다. 보통은 원두를 갈아서 내려 마시는데 이상하게 조금 특별해지고 싶어지는 날이 있다.

엄마와 같이 방문한 적이 있는, 엄마가 "여기 커피 정말 맛있다" 하며 느리게 커피 잔을 내려다보던 카페. 배달 앱으로 주문하면 금방 도착한다고 제안했더니 엄마도 어쩐 일인지 좋다고 하셨다. 엄마는 따뜻한 커피를, 나는 아이스커피를 주문하고서 몇 분이 지났을까. 커피가 도착할 시간에 전화가 울렸다.

모르는 번호이지만 받아야 할 것 같아 받았더니 담당 배달원이었다. 도착해 보니 커피가 조금 쏟아졌다고, 뚜껑이 잘 닫혀 있지 않아서 흘렸다는 것이다. 모처럼 애써 행복하고 싶을 때면 상황이 이상해지는 나의 징크스가 이렇게 또 일어나 버린 것인가 싶다가, 전부 쏟아진 것도 아니고 조금 흘렸다니 괜찮은 것 아닌가 싶어서 괜찮다고 대답했다. 그래도 꽤 쏟은 것 같아서 환불을 해 주겠다기에 "정말 괜찮아요. 일부러 커피 넉넉하게 산 거라서요" 하며 이상한 거짓말까지 보태며 전화를 마저 끊었다. 전화 연결이 되자마자 약간 떨리고 있던 배달원의 목소리가 신경이 쓰였다.

꼭 이런 날이 있다. 괜한 마음에 안 하던 행동을 하면 꼭 세상은 내 결정을 비웃듯이. 어쩌면 딸내미 집에 가면 원두를 갈아서 마시는 뜨신 커피가 엄마의 일상에서는 더 좋은 특별함이었을지도 모르는데.

문제는 하필 엄마의 따뜻한 커피가 쏟아졌다는 데 있었다. 현관문 앞에 놓여 있던 두 잔의 커피는 자세히 보지 않더라도 비닐이 축축해 보였고, 하얀 종이컵이 커피로 얼룩덜룩했다. 내 곁에서 조용히 괜찮다고 하라고 음 소거로 말하던 엄마도 커피를 보자마자 "왜 환불해 주겠다고 했는지 알겠다" 하셨다. 나는 조용히 전기포트에 물을 올렸다. 엄마의 커피를 컵에 따른 후에 뜨거운 물을 더했고, 엄마는 옆에 서서 최근 들어 커피를 흐리게 마셔 버릇한다고 말했다.

커피가 쏟아져서 아쉬운 분위기는 찬찬히 걷히고 있었고, 우리는 가만히 서로를 오랜만에 보았다. 이런 순간이면 우리는 오늘의 표정과 기분을 쉬이 구기지 않으려 한다는 것을, 오랜 시간 그런 엄마로부터 드리워진 그늘 밑에서 내가 자라났다는 것을 조용히 느끼면서.

조금은 흐려진 따뜻한 커피와, 얼음 가득 아이스커피를 마시면서 우리는 그제야 느긋하게 마주 앉았다. 커피를 홀짝이던 엄마는 얼마 전 있던 일이 생각난다며 일화를 들려주었다.

아침 출근길에 다른 차의 부주의로 경미한 접촉 사고가 났다고 한다. 엄마가 보기에는 티가 나지 않게 긁힌 정도라서 괜찮으니 그냥 서로 갈 길을 가자고 말했다는 것이다. 내가 아는 엄마는 충분히 그럴 사람이었다. '은근히 매사에 귀찮아한다니까' 하며 엄마의 말을 마저 들었다. 엄마보다 한참 젊은 상대 운전자는 어쩔 줄 모르며 꼭 연락을 달라고 떨리는 손으로 전화번호를 알려 주려고 했고, 엄마는 그 모습에 나보다 이 친구가 더 많이 놀랐겠구나 싶어졌다고. 엄마는 그때 자신의 상황이 아닌 우리의 상황, 상대방의 상황을 생각했을까? 엄마는 당황한 사람의 얼굴 앞에서 손뼉을 짝 치듯이 확실히 웃으면서 강하게 말했다.

"우리 그냥 가요. 우리 오늘 좋은 하루를 보내는 게 더 중요하니까."

좋은 하루를 보내자는 말은, 엄마보다 한참 어린 운전자가 아침에 출발한 하루 그대로 살게 하지 않았을까. 물론 누구보다 엄마 쪽이 가던 길을 마저 가고 싶었던 마음이 컸을 테지만, 그런 순간에 운전자인 서로를 '우리'라 칭하며 우리의 하루를 바라보자고 말할 수 있다는 것은 대단한 일이라고 생각했다.

물론 나는 엄마의 차 상태를 알고 있고 엄마라는 사람을 어느 정도 알기에 "하긴 차가 하도 더러우니까 어디 긁혔는지 티도 안 났을 듯" 하며 낄낄 웃었는데, 또 엄마의 진심 어린 웃는 얼굴도 잘 알아서 상대 운전자의 마음이 어땠을지도 알 것 같았다. 평소에 그런 엄마의 표정을 떠올리면 나는 괜히 울고 싶어졌다. 집에 안 좋은 일이 있어서 아침부터 한참을 울다가 학교에 가면 점심이 되기 전에 엄마에게서 문자 메시지 한 통이 도착해 있었다. 어떤 설명도 없이, 우리니까 할 수 있는 짧은 메시지였다.

"예쁜 얼굴 얼룩져^^"

문자 메시지에도 붙이는 엄마식 위로인 갈매기 웃음을 나는 많이 보기도 했지만 자주 그려 본 사람이었다.

"그렇잖아. 별것 아닌 걸 가지고 크게 화내는 사람들이 꼭 있잖아. 이때다 싶어서 옳거니 하는 거. 엄마는 가끔 그런 사람 때문에 너무 힘든 적이 많아. 근데 오래 생각은 안 하지."

엄마의 직업은 매일 사람을 대하는 일이라 일터에서 힘든 일을 자주 겪는다는 것을 알고 있었다. 엄마는 언제나 그런 일을 말할 때면 하소연의 방식이 아닌 토크쇼에서 에피소드를 말하는 방식으로 했다. 그런 사람은 이미 만났고, 그 후 어떻게 흘려보냈는지에 대한 것이었다. 혹여나 걱정할 나를 위해서인지 마지막에는 늘 오래 생각은 안 한다는 정보를 꼭 붙이면서.

누군가의 말로 좋은 하루를 단번에 망칠 뻔한 엄마는 누군가의 하루를 단번에 꼿꼿하게 세워 줄 줄 아는 어른으로 이 세상에서 살고 있다. 그런 엄마의 딸로 자란 나는 누군가는 답답하다 여길 정도로 타인의 하루를 망치고 싶지 않은 어른으로 자라고 있다. 나에게서 피어난 괜찮다는 기분은, 정말로 내가 속한 세상을 그렇게 만든다.

가끔 엄마의 말을 아무 날에 떠올린다.

"좋은 하루를 보내는 게 더 중요하니까."

무엇인가를 결정할 때, 일을 선택할 때, 관계 문제에 휘둘릴 때, 알 수 없는 분노가 들끓을 때, 괜히 마음이 내려앉을 때, 엄마에게서 도착한 이 문장을 앞세우면 의외로 금방 답이 나온다. 무엇이 더 중요할까. 천 년도 못 살 것을.

반쯤 쏟아진 커피를 마시던 조용한 한낮은, 엄마와 나 두 명의 다른 하루를 좋게 만들기에 충분했다.

SNS라는 공간

최근 고민을 털어놓자

그런 일이 있었어요?

SNS만 보면 세상 행복해 보이는데.

...

내가 올린 글과 사진을 다시 보는 것을 좋아하는 나는 나의 조각들을 보며 다시금 웃곤 했다.

그렇구나. 누군가는 세상 행복하다고만 보는구나.

서둘러 집에 가는 중

행복해 보이려고 작정하면 큰일 날지도.

ZZ

좀처럼 웃어지지 않는 세상에서,
모처럼 웃어지는 순간을
잠시 바라본다.

'남들은 다 잘 사는 것
같은데'라는 것을
굳이 확인하는 게
아닌

모처럼 어떤 순간들에 안심했는지

보기 좋게
모여 있는 곳.

각자의 하루가 어떻게 마무리되는지
우리는 서로 모른 채로 말이다.

각자의 고유성을 찾아서

일할 때 자주 듣는 말이 있다. "성실하다" 혹은 "부지런하다". 아마 내 측근이나 엄마가 들으면 옆눈으로 흘겨보며 코로 웃을지도 모르겠다. 나는 앉을 수만 있다면 어김없이 나를 쉬게 하는 사람인데, 이런 나랑 며칠 지내보면 '성실'이라는 단어는 제일 먼저 증발할 테다. 대부분의 시간은 에너지를 보전하기 위해 느리게 지내는 나다. 그런데 바깥의 사람들은 내게 성실하고 부지런하다고 말한다.

평소 나에 대한 질문을 받을 때, 나 외의 다른 사람으로 살아본 적이 없기 때문에 내가 어떤 사람인지 대답하기 애매하다고 느껴 왔다. 이를테면 방귀를 많이 뀌는 편인지, 자주 걷는 편인지 묻는 질문. 다른 사람의 보편적인 방귀 횟수나 산책 여부를 알 리가 없지 않은가. 그런 식으로 생각해 보면 나는 성실한 쪽인지 불성실한 쪽인지 알 수 없었다.

언제 듣는 말인지를 헤아려 보니 조금씩 틀이 잡혔다. 작업한 결과물이 나와서 SNS에 게시하거나, 아주 가끔 일하기 싫어서 투정을 부리면 듣게 되는 말이었다. 전자의 경우는 "너는 안 쉬어? 또 뭐 나왔더라" 하는 반응이고, 후자의 경우는 "진아 씨도 일하기 싫어하는군요. 세상 성실한 분인 줄 알았는데!" 하는 식이다. 그제야 나는 '나 성실한가?' 하며 스스로 되물어 본다. 심지어 사전에 '성실' 두 글자를 검색해 보기도 했다. 성실은 '정성스럽고 참됨'이라는 뜻으로, '정성 성' 자에 '열매 실' 자를 쓰는 한자어였다. 재미있는 것이 사전에서 '정성' 두 글자를 찾아보면 '온갖 힘을 다하려는 참되고 성실한 마음'이라고 나온다. 단어들이 서로 돕고 사는 것이 꽤 보기가 좋다.

'일'을 두고 보면 성실해 보일지도 모르겠다. 주변 동료들과 일에 대한 대화를 나누다 보면 내가 일하는 방식이 성실한 스타일이라는 것을 알게 되었다. 성실한 사람인 것이 아니라, 꾸려 온 방식이 성실한 스타일인지도 모른다. "수요일이 마감이면, 그러면 목요일에 메일을 보내면 되는 거죠?" 하는 동료의 말에 동공이 커진 적이 있다. 마감의 의미가 다르구나! 또 한번은 마감일에 하루 종일 원고를 붙들고 앉아 괴로워하는 다른 동료를 보고 '마감일의 장면이 모두 이렇게 다르다니!' 싶었다. 동료가 내게 물었다.

"그럼 금요일 마감이면요?"

"금요일 오전에 메일을 보내지요."

"월요일에 보내도 된다는 뜻으로 저는 생각하기도 했어요."

"그렇다면 월요일이라고 명시하지 않았을까요? 사실 저는 그래서 대략적인 시각을 미리 말해 주는 분들을 좋아해요."

얼마 전의 마감일이 생각난다. 요청한 마감 요일은 일요일이었다. 예전의 나라면 '뭐시라? 주말에도 일하라는 뜻인가!' 하며 새로운 의미를 더하고 더했을 테지만, 어느새 나는 완전히 반대편의 새로운 의미로 받아들이고 있었다. '그렇구나. 담당자 님은 월요일에 필요한 거야. 정확히는 월요일 오전에! 그래서 일요일이라고 명시한 거구나(개운).' 그래서 나는 금요일에 일을 완료하고 일요일 밤에 씻고 난 후 23시경에 메일을 보냈다. 주말에는 일하지 않으니까요.

이 이야기를 동료에게 했더니 "심리 싸움이냐고요" 하며 "그냥 제가 진아 님의 담당자라면 좋을 것 같아요" 약간은 묘한 분위기로 대화가 끝났다. '저는 그렇게 안 할 거지만'이 생략된 이상한 칭찬이었다.

그런 식으로 그림 외주 일은 마감을 어긴 적이 없다. 언제나 대부분 오전 시간에 메일을 발송한다. 그림을 판매하는 기분으로 늦지 않게 발송해야만 한다. 아쉽게도 그림에 대한 작업비는 한두 달 뒤에 받지만 말이다. 늦더라도 점심시간이 끝나는 1시에 메일을 보내는 것이 나름의 원칙이다. 마감일은 마감을 하는 날이 아닌 발송 준비를 마쳐야 하는 날이라고 생각해 왔기에 다행히도 습관이 되었다. 그래서 마감일 아침이면 지난날 내가 미리 발송한 메일은 저 혼자 부지런히 세상을 향해 나가고 나는 늦잠을 잔다.

일하는 방식이 이런 데다가, 에세이 단행본이나 앤솔러지도 꾸준히 선보이고 있고, 그런 와중에 그림 외주 작업도 이어 오고 있으니 바깥에서 보는 나는 정말 부지런해 보일 것도 같다. 하지만 '정말 나는 성실한가' 하고 다시 내게 묻는다면 여전히 고개가 숙여지는 것이 사실이다. 실상은 몇 년째 질질 끌고 있는 작업이 아직도 내 컴퓨터 문서함에 쌓여 있고, 에세이 단행본 원고는 언제나 고민과 고민의 나날 속에서 허우적거리고 있으며, 당장 이 원고만 보더라도 보내기로 한 날로부터 저만치 지나 버린 채 괴로워하며 쓰고 있는데 말이다. 실은 저마다 다른 시기에 작업한 것들이 우연히 시기가 겹쳐 무언가를 자주 선보이는 것처럼 보이고 있고, 또 그런 와중에 게을러서 어디에도 올리지 않은 작업물도 있다.

　나는 한 가지 일에 몰두하기보다는 이 일 저 일 왔다 갔다 해야만 즐거움이 그나마 유지되는 산만한 스타일이다 보니 무언가를 완성하기까지 긴 시간과 아주 뾰족한 집중이 필요하다. 결국 여러 일을 해내는 것은 나라는 작업자가 여러 일을 해야만 나아가는 사람이기 때문인지도 모른다.

　나는 자주 듣는 말에서 나의 고유성을 찾았다. 성실하고 부지런하다는 것은, 내 일과 속에 어떻게든 꾸준한 시간을 꾸려 왔다는 말인지도 모른다. 나를 키울 때 발가락만으로 툭툭 치며 거저 키운 것 같다는 엄마는 언젠가 이런 말을 한 적이 있다.

　"너는 예전부터 책상에 앉으면 이것저것 하면서 한

참을 앉아 있었어."

이 말을 그대로 가져와 지금의 내 어떤 하루를 표현하는 말이라고 생각해 본다면 어떨까. 그다지 낯설지 않다. 한번 시작하면 오래 하지만 그 안에서의 과정은 뒤죽박죽이며 정신이 없다. 이를테면 설거지를 하더라도 설거지라는 과정 그 자체에 쉽게 질려 버려서 순서를 거듭 바꾸며 이어 간다. 그릇 두 개에 세제를 칠하고, 곧장 그것을 씻어 내고, 이번에는 숟가락 젓가락에 세제를 칠하고 그것을 곧장 씻고, 이번에는 컵을, 이번에는 국자 하나를, 하면서 말이다. 하나의 일을 하더라도 이렇게 저렇게 해야만 겨우 즐겁게 끝낸다. 중요한 것은 끝을 낸다는 것이다. 매사에 게으르고 쉽게 질려하는 나의 근성을 알기에 조금씩 비틀고 잔잔한 자극을 더해야만 한다.

매일 아침에 먹은 음식 사진을 SNS에 올리고 있다 보니 이 점도 꽤 성실의 한 부분으로 보이는 것 같다. 회사원 시절을 떠올리자면 아침에 집에서 빵과 커피를 마시며 시작하는 하루는 있을 수 없는 장면이었다. 프리랜서의 시선에서 보아도 이것은 다른 의미로 있을 수 없는 장면이기도 한 것 같다.

대낮에 만난 지인이 대뜸 내게 "그럼, 진아 씨는 몇

시에 주무세요?" 하며 질문을 던진 적이 있다. 그날도 어김없이 나의 아침 사진을 올린 터였다. '그럼'으로 시작되는 갑작스러운 질문에는 많은 의미가 담겨 있었다. 밤에 작업하지는 않는지, 아침에 몇 시에 일어나는지, 매일 왜 일찍 일어나려고 하는지가 너무 궁금했던 것 같다. 사실 내 세계에서 보자면 그저 오늘도 늦게 일어난 자일 뿐이다. 내 동거인은 나보다 한참 일찍 일어나 빨래를 개키고, 식기 정리를 하고, 아침 요가를 마치는데, 나는 그 시간까지 아침잠과 싸운다. 그래서인지 매일 아침 약간의 편치 않은 기운이 감돈다. 게다가 늦잠을 자 버리면 오전 중에는 작업실 책상에 앉아 있자던 계획이 또 한 번 무너져 버려 텐션이 내려간다.

프리랜서라는 점은 같지만 하는 일은 전혀 다른 동료에게 나는 일찍 일어나는 프리랜서로 보인다는 것을 알게 되자 모든 것을 차치하고 나에 대해 그려 보기로 했다. 자기 전에는 늘 '내일은 30분 더 일찍 일어나자' 하며 잠들고, 아침에 겨우 눈을 떴을 때는 '일단 빵을 꺼내고, 어제 씻어 둔 샐러드를 꺼내서……' 하면서 아침을 미리 그려 보며 하루를 시작한다. 늦게 일어나 또 한 번 계획에 실패한 모습이 아닌 매일 다음 날을 희망적으로 그려 보는 마음이, 다음 날 아침의 나를 위해 샐러드 채소를 씻어 두고 계란을 미리 삶아 두는 나의 조용한 부지런함이 보였다. 나도 실은 내 세계를 유지하기 위해 부단히 성실하게 지내고 있는지도.

3시에 만났는데도 머리에는 아직 물기가 맺혀 있는, 그 시간까지 한 끼도 안 먹는 프리랜서 동료가 보기에 나는 정말로 성실해 보일지도 모르겠다. 하지만 내 눈에 보이는 상대 또한 나와는 다른 부지런함을 가지고 있다. 밤마다 자신의 이야기를 꾸준히 쌓아 가는 작업은 나는 할 수 없는 일이니까. 난 밤 시간을 일하는 데 쓰기보다는 노래를 듣고 만화책을 보다가 자는 데 쓸 뿐이다. 가끔은 브로콜리를 씻고 싱크대에 건조해 두고 자는 정도다.

프리랜서로 산다는 것은 어쩌면 이런 내가 택할 수밖에 없던 선택지였는지도 모른다. 서서히 질리고 갑자기 재미있어하는 마음을 앞다투며 하나씩 하나씩 끝냈더니 뭔가를 완성한 사람이 되었다. 이것은 꾸준함의 기적이다. 게으른 자에게 피어난 작은 끈기가 어떻게든 굳어지면 절대 무시하지 못한다는 것을 나는 내 눈으로 확인했다.

누구는 아침 일찍 일어나 글을 쓰던데, 누구는 밤 시간을 허투루 쓰지 않던데, 누구는 한 해에 책을 세

권이나 냈던데, 누구는 매일 출근하던데 하며 나와 남을 비교하기보다는 누군가의 하루에 비해 나는 이렇구나 하는 발견이 필요하다. 나는 이런 사람이구나, 내가 일하는 방식은 이런 쪽이구나 하는 발견. 매일 얼마나 다른 끈기가 만들어지고 있는지, 우리는 절대 알 수 없으므로.

그늘진 겸손

남을 존중하고 자기를 내세우지 않는 태도를 '겸손'이라고 말한다. 나는 번번이 다른 단어를 찾고 싶었다. 남을 존중하지 않고 자기를 내세우지 않는 데에 치중한 태도. 그런 태도를 뜻하는 단어가 분명 있을 것이라고 확신해 왔다.

"와, 이 커피 너무 맛있어요. 역시 커피를 잘 내리시네요."

"에휴. 아니에요. 절대 아니에요."

"너무 부드럽고 좋은 걸요."

"그럴 리가, 절대 아니에요. 좋은 원두도 아니고요."

"아……."

"그냥 대충 막 내린 거예요."

지인의 집에서 커피를 얻어 마시다가 나눈 대화. 커피 한 모금에 반듯하게 좋아졌던 마음이 예상하지 못한 반응에 잠잠하다 못해 머쓱해졌다. 집으로 돌아와 커피 장면을 다시 펼쳐 보았다. 내게 이날은 이렇게 기억되었다. 좋은 원두도 아니고 막 내린 커피를, 대단히 여긴, 커피 맛을 잘 모르는 사람이 되어 버린 날. 그날을 돌이켜 볼 때면 의자에 앉아 있던 내 모습은 마치 커다란 젤리처럼 요란하게 흔들거린다. 커피 찌꺼기로 만든 푸딩으로 변해 버린 듯한, 묘하게 이상한 기분이 남아 있다.

맛있을 리가 없는데도 맛있다고 한다면 그냥 "맛있어요? 다행이네요?" 하고 말면 그만 아닐까 하며 나는 친구에게 이 일화를 늘어놓은 적이 있다. 친구는 잠시 생각에 빠지더니 입을 열었다.

"그럴 때 있지. 자신이 받는 칭찬에 유독 약한 사람."

딱 그것이었다. 내가 들은 말을 마음 한가운데에 놓지 않고 말을 한 사람의 표정을 한가운데에 놓고 다시 돌이켜 보니 친구의 말이 딱 맞았다. 칭찬에 유독 약한 사람에게 존재하는 겸손 커튼이 쳐지는 순간이었다. 그렇게 생각해 보니 찾아야 할 단어가 또 생겼다. 타인에 더해 심지어 나 또한 존중하지 않고 자기를 내세우지도 않는 태도를 뜻하는 단어가. 겸허와 겸손, 그 사이 어딘가에 있을 단어. 내 멋대로 정해 보자면 '그늘진 겸손'이었다. 그늘진 겸손은 못생긴 그림자를 만든다. 그 못생긴 그림자는 말을 하는 사람과 말을 들은 사람의 자리에 의외로 꽤 오래 따라다닌다.

다시 돌이켜 보았다. 초대받았던 집에서의 장면을. 음 소거를 한 채 대화 장면을 다시 재생해 보니 지인은 확실히 정성껏 원두를 갈고 차분하게 커피를 내려 주었다. 원두를 보여 주기도 했고, 구입한 곳도 알려 주었으며, 잔도 신경 써서 내주었다. 그러자 또르르또르르 내려지는 커피 소리만이 울려 퍼졌다. 나는 그 소리에 점점 집중하기 시작했다. 너무 늦은 집중일까.

자신에 대해 관대하지 않았던 지인의 마음이 뒤늦게 신경 쓰이기 시작했다. 벌떡 일어나 "아니요! 오래전부터 커피 참 잘 내리신다고 생각해 왔어요. 자신감을 가지셔도 된다고요!"라고 외치고 싶었다. 상상 속 내 모습은 여전히 힘없는 구정물 색 젤리라서 그에게 전달이 되지 않는다. 내가 뭐라고 이런 말을 할 자격이 있을까. 결국 내 안에도 내가 찾고자 하는 그 미묘한 단어가 들어차 앉아 있는 것을. 그늘진 겸손이 발현된 날이 내게도 많았는 것을.

친구를 생각하며 고르고 고른 선물을 전달했던 날. 좋아하는 아웃도어 브랜드에서 한참을 서성이다가 고른 선물이었다. 친구의 따순 겨울을 그리며, 친구를 생각하는 마음을 힘껏 쓰며 골랐다.

"와, 너무 고마워요. 여기 좋은 브랜드 아니에요?"

그 순간이었다. 나는 그만 "아니에요. 아니에요. 그렇게 좋은 브랜드는……" 하고 입을 열어 버렸다. 갑자기 드리워진 그늘을 막기에는 이미 말은 뱉어져 있었다.

"좋은 거 아니에요?"

친구의 무구한 물음에 나는 다행히 정신을 차릴 수가 있었다.

"…… 맞아요. 내가 좋아하는 브랜드예요."

너무 비싼 것을 산 것이 아니니 부담스러워하지 말았으면 하는 마음에 잘못 나온 말이었다. 속마음을 누가 알아챌까. 뱉어진 말은 들은 사람에게 남아 각인이 된다. 이미 생긴 자국에는 속마음 문장이 들어갈 틈이 없다. 속마음을 알아주기를 바라는 마음 또한 그늘진 겸손과 견줄 정도로 못생긴 것은 매한가지다.

남을 존중하는 마음을 표현하기 위해서는 우선 나

를 낮추지 말아야 한다. 마음을 내세우고 사랑을 표현해야 한다. 그렇게 해야만 마음은 전해질 준비를 마치고 오래도록 닿는다.

지난날 내가 들었던 말을 다시 떠올려 본다. 방금 내려 준 커피를 무척 맛있어하는 내게 도착한 말풍선. 그 속의 언어가 조금은 바뀌어 있었다. 그것은 커피를 내려 준 사람을 향한 소중함이 만들어 낸 새로운 말풍선이었다.

"와, 이 커피 너무 맛있어요. 역시 커피를 잘 내리시네요."

"그렇게 고마워할 거 없어요. 한 개도 수고스럽지 않아요. 그냥 커피 내리는 이 시간이 좋아요. 맛있게 먹어 줘서 고마워요. 다음에는 다른 원두를 선보일게요. 그때는 더 잘 내려 보고 싶어요."

이거 완전 별건데요

일력 완판을 기념하며
출판사 분들을 만나기로 한 날.

감사함을 전하고 싶어서 고민하다가
동네 빵집에서 마카롱을 샀다.

그것도 여러 박스를.

또 몇 분
계시더라?

디자이너 님
것도 챙기고,

맞다.
그분도
감사했지.

선물을 고르는 일은,

아직은 많이
덥지 않아서
다행이다!

선물을 하는
이에게도
선물 같은 일.

출판사 분들은 늘
먼저 와 계신다.

먼저 선물 증정식.

아참 이건 별거
아닌데……

앗

우와 여기 빵집!
완전 별건데요?

다시 다시 !

아, 이건

엄청
별건데요.

나와 일한다는 마음으로

프리랜서로 일을 한다는 것은 나와 단둘이 일한다는 것을 뜻하면서, 자신과 일하는 것이 매일 괜찮아지고 있어야만 가능하다는 사실을 조용히 품고 있다. 프리랜서로 일하더라도 공용 작업실을 구하는 것이 좋다는 조언을 들은 적도 있고, 혼자 일하면 답답하거나 무언가 물어보고 싶을 때 어떻게 하냐는 질문을 받은 적도 있다. 대체로 망상하며 지내는 나는 나랑 일하는 순간마다 여럿의 캐릭터들이 등장하고 퇴장하는 듯해 여간해서는 답답하게 느끼지 않았고, 다행히 나와 의논하는 것이 즐거웠다.

고민이 되는 일이 있으면 꼬박 고민을 해 본 후에 잠시 몽땅 털어 버리고 다음 날 아침, 다시 새로운 마음으로 꺼내 본다. 어제만 해도 걱정되던 부분은 그새 신경 쓰이지 않고, 오히려 다른 부분이 새롭게 걱정되기도 한다. 어제의 고민도 틀리지 않고, 오늘의 걱정도 충분한 이유가 있다 느껴질 때면 아침 일찍 마침표를 찍는다. 그런 날은 완전히 새로운 날이 시작된다. 어제 생각해 준 내가 있어서 오늘 여유 있게 다른 생각을 짚어 낼 수 있다.

하루 종일 시안 스케치를 하며 쩔쩔매다가 시간만 지체한 날, 퇴근 한 시간 전에 갑자기 마음에 드는 스케치가 나올 때가 있다. 종일 헛짓을 한 것이 아니라 오늘은 그만큼 손을 풀 시간이 필요했다는 것을 깨닫는다. 그러고 보니 이번 달은 그림 작업을 많이 안 했구나 싶어서 괜히 손에 힘을 주었다가 폈다 한다. 모른 채 일단 하는 나, 알아주는 나, 미리 일을 끝내는 나, 어제 못한 일을 오늘 끝내는 나, 내일로 미루는 나, 재밌는 생각만 하는 나, 그것을 끝내 해내야 하는 나. 이렇게 나뉘는 여럿의 나와 일하면서 프리랜서라는 상태를 지속해 왔다.

해가 거듭하며 지난해보다 더 다양한 일을 할수록

여럿의 나와 일하는 것뿐만 아니라, 프리랜서가 아닌 나를 떠올리며 일한다는 것을 알게 되었다. 나는 대체로 어딘가에 소속된 회사원과 일한다. 그곳은 대부분 출판사이며, 정해진 시간에 출근해서 오늘의 할 일을 마치고 정해진 시간에 퇴근해야만 다시 내일을 시작할 수 있는 사람들이다. 어딘가에 소속된 사람들과 일할 때의 나는 어떤 안정감을 느낀다. 주말에는 쉬고, 저녁에는 일에 대한 연락이 오지 않고, 아침이 되면 맑게 말을 걸 수 있고, 서로의 이야기를 잘 이해하고, 제 시간에 완료한다면 서로 행복해지는 관계. 나는 이 관계 또한 나와 일하는 것과 크게 다르지 않다는 것을 느꼈다.

몇 해 전만 해도 나의 생활이 그랬다. 아침이면 어김없이 집을 나와 지하철에 몸을 실었다. 정해진 시간에 회사 건물에 도착해서 지문을 찍고 들어가 내 자리에 일단은 앉아 있어야 하던 나날을 길다면 길게 살았다. 하기 싫거나 중요한 일은 주로 오전에 처리하던 나는 오후의 끝자락이 되어서야 비로소 무언가를 시작하기 일쑤였다. 새로운 기획을 하거나, 미처 하지 못하고 넣어 둔 아이디어를 꺼내 보거나, 하염없이 웹페이지를 보며 시장조사를 하며 다음을 그려 보는 일은 어느 정도 여유가 동반된 시간에 가능했다.

　지금은 매번 새롭게 만들어지고 있는 임진아라는 사람으로 살아가며, '작가님', '선생님'이라는 호칭을 들으며 프리랜서라는 상태를 이어 가고 있지만, 몇 해 전만 해도 내 쪽에서 '작가님'이라는 호칭을 꼬박꼬박 쓰며 그림 작가와 함께 문구 제품을 만드는 디자이너였다. 학생 때부터 좋아하던 작가와 그렇게 만나게 되었다. 작가의 성별을 가늠하기 힘든, 오로지 만화와 작품으로만 자신의 세계를 선보이던 사람과 회의 테이블에 앉아 있는 일은 기쁘다기보다는 좀 이상했다. 맑은 독자로서의 나와 작별하는 순간이었고, 알고 싶지 않았던 표정을 읽는 일이었다. 하지만 공통의 일을 사이에 두고 이야기를 나눈다는 것은 좋은 경험이었다.

　나는 그가 원하는 사양을 견적 안에서 최대한 구현하고 싶었다. 손에 잡히는 문구 제품과 작가 사이에 있는 나의 할 일이었다. 그 과정 안에서 어떤 날에는 마음이 미리 낮아지기도 했고, 내 제안을 좋게 볼지 두렵기도 했지만, 돌아보면 존중받았던 순간이 많았다. 모르는 면과 잘 아는 면이 서로 다른 둘이서, 서로 잘 하는 부분을 인정하고 이해하며 의견에 집중하는 순간. 그런 순간마다 나는 큰 숨을 들이쉬며 조금씩 그 안에서 성장했다.

　사적인 대화는 거의 나누지 않았지만 일을 대하는 장면을 가까이 볼 수 있었다는 것은 내게 큰 경험이 되었다. 내가 고른 종이 샘플, 내가 제안하는 구성, 내가 조사한 업체들에 대해서 언제나 조용히 끄덕이던 모습을 차근차근 바라보며 용기 있게 다음을 이야기할 수 있었다.

　그때 그에게 배운 일러스트레이터 프로그램 툴 사용법이나 그림을 다루는 마음은 여전히 내게 남아 지금의 나를 만들고 있다. 언제나 늦지 않게 데이터를 보내고, 디자이너가 작업하기 편하게 일러스트레이터 프로그램 파일로 벡터화된 그림을 보내던, 미팅에 올 때마다 단 한 번도 주스나 빵 같은 것을 사 오지 않던 사람. 실크스크린으로 인쇄한 그림에 작은 티끌이 있어 같이 머리를 마주하고 한참을 지우개질을 하다가 처음으로 개인적인 대화를 시도하던 그 목소리를, 나는 이렇게나 오래 기억할 줄 알았을까.

　이제는 일하는 나를 만나러 매일 나의 작업실에 출근해 자리에 앉으면 회사원 시절의 내게 빨리 메일을 주고 싶은 마음으로 일을 마주한다. 나와 일하는 사람의 하루가 오늘만큼은 새로울 수 있기를 바라면서. 이

것이 내가 웬만하면 자기 전에 예약 메일을 보내는 이유이고, 그림 작업은 되도록 마감 전날에 마치려고 하는 이유다. 내일이면 또다시 새로울 수 있는 나와, 다음을 바라볼 수 있는 오후를 보낼 담당자를 위해. 그리고 지난날의 나를 떠올리며 다음의 나를 만나러 간다.

어른의 일기

새해가 되면 뻔한 다짐이 근질근질 올라온다. 새해라는 선은 사람을 그렇게 만든다. 이번에는 일기를 쓰고 싶다, 이번에는 다이어리 한 권을 빼곡하게 채우고 싶다, 이번에는 흘러가는 하루하루를 그냥 가게 두지 않을 것이다 따위의, 뚜렷한 이유도 근사한 목적도 없는 듯한 다짐. 상추를 보면 뭐라도 싸 먹고 싶어지는 것처럼 일단 새해가 다가오면 뭐라도 마음먹고 싶어진다.

연말이 되니 친구들과 새해에 대한 각자의 기대를 자연스럽게 늘어놓기 시작했다. 나는 매일 일기를 쓰고 싶다고 이야기해 버렸다. 예전 일기를 읽고 또 읽는 것이 재미있는데, 더 이상 읽을 것이 없어서 다시 쓰고 싶다는 것을 이유 삼았다. 일단 마음에 드는 일기장을 사야 하는데 아직 발견하지 못해서 아무런 진전이 없다고 이야기하자 친구들은 다정하게 끄덕거려 주었다. 마음에 드는 일기장 중요하지, 그것부터가 시작이지 하면서.

새해가 시작되었지만 마음에 드는 일기장은 찾지 못했다. 희망하는 것이 있어야 물건의 사양을 찾아갈 텐데 좀처럼 그려지지 않았다. 내가 어떤 일기를 쓰고 싶은지, 매일 일기를 쓰고 싶기는 한지, 매일 쓸 수 있는 마음이나 체력은 있는지. 그에 따라 나에게 걸맞은 사양이 따라온다.

오전에 출근하고 나면 마음에 드는 다이어리 찾기에 돌입했다. 올해의 다이어리 취향이 아무래도 정해지지 않은 상태에서 세상의 온갖 다이어리를 살펴보다 보니 이것은 아니다 싶은 재질이나 사양 등이 곧바로 걸러졌다. 모카빵에 쓸데없이 들어간 건포도를 걸러 내듯이 시간을 들여 마음을 쓰다 보니 올해 마주하고 싶은 다이어리의 형태가 점점 그려지기 시작했다.

우선 가볍고 싶다. 다이어리를 대하는 내 마음도, 다

이어리의 중량도 가벼우면 좋겠다. 적당한 크기의 그릇에 밥과 반찬을 한데 담아 먹듯이 다이어리 한 권에 업무도 정리하고 일기도 쓰고 낙서도 할 수 있으면 좋겠다. 날짜도 전부 적혀 있으면 좋겠다. 가름끈이 있고, 만듦새가 좋으면 좋겠다. 그림이 들어간 것은 싫지만 들어간다면 귀여우면 좋겠다.

1년이라는 길지도 그렇다고 짧지도 않은 시간 동안 매일 마주하는 한 권의 다이어리를 고르는 데는 생각보다 긴 시간이 필요했다. 이미 새해의 날들이 지나가고 있는데 다이어리가 없으면 다가온 새로운 나날 속에서 멀뚱멀뚱 앉아 있는 기분이 든다. 맨손이 진짜 맨손으로 느껴진다. 좀처럼 불안을 못 느끼는 인간은 이럴 때 모처럼 불안해진다. 그래 봤자 1월에서야 다이어리를 고르고 그 덕에 늦은 배송을 기다리게 된 거면서. 결국 1월이 다 끝나 갈 때 비로소 다이어리를 손에 잡을 수 있었다.

월간 페이지에는 정해진 일정과 약속과 기념일들을 채워 넣었고, 주간 페이지에는 짧은 일기를 쓰기 시작했다. 주간 페이지 왼쪽에는 일주일 치의 일곱 개의 빈칸이 있고, 오른쪽에는 모눈 패턴의 메모 칸이 있다. 정해진 칸이 좁아 물리적으로도 절대 긴 일기를 쓸 수 없다는 것은 매일 일기를 쓰기로 작정한 기록가에게 는 무척이나 고마운 조건이었다. 되도록이면 SNS에 기록하지 않았던, 나만이 바라본 하루에 대해 연필로 짧게 쓰기 시작했다. 연필을 매일 쓰니 기분이 좋았다. 글씨는 잘 쓸 노력을 하지 않는다. 계속 쓰고 있다는 것이 이 일기의 포인트니까.

나는 나의 첫 책 『빵 고르듯 살고 싶다』에 이런 말을 남긴 적이 있다. "기록은 쉽다. 하지만 기록하지 않는 건 더 쉽기에 언제든 이미 지나쳐 버린 마음으로 살게 된다."

주간 페이지에 일기를 매일 쓰면서 나는 다시금 이 문장을 떠올렸다. 그리고 다시 생각해 보았다. '기록의 조건은 쉬워야 한다'고. 그리고 '가장 쉬운 마음을 쓰 자'고. 그리고 '지나쳐 버리더라도 그 지나친 마음으로 도 지난날을 기록하자'고.

그간 쓴 주간 일기를 다시 읽어 보면서 지나친 나의 쉬운 마음들을 들여다본다. 매일 남기는 한두 줄의 기 록은 그날그날 꽂은 작은 깃발들이다. 오늘을 보내고 내일로 넘어가기로 마음먹은 매일의 깃발들이 보인다 는 것은 생각보다 한결 안심이 되는 일이었다. 지난달 에는 어떤 마음이었지 궁금하면 주간 페이지를 펼치기만 하면 된다. 이것은 내가 가장 좋아하는 독서 시간이고, 일기장은 아무에게도 들키기 싫은, 내가 좋아하는 책이다.

주간 일기를 다시 보다가 봄의 어느 날에 남긴 짧은 문장이 눈에 들어왔다. "한 손에 맥주, 한 손에 만화책. 어른이 되자. 나랑 살자."

이 짧디짧은 문장 안에는 봄날의 구체적인 어둠이나 향했던 곳 따위는 나타나지 않는다. 연초에 받은 정기검진 결과가 갑자기 좋지 않았고, 곧장 마음은 온통 검은색이 되었다. 매일 밤마다 즐기던 게임이 갑자기 하기 싫어졌고, 내가 향할 수 있는 것은 펼치기만 하면 온통 검은색으로 웃기고 시답잖게 흘러가는 만화책을 읽는 일뿐이었다. 그런 봄을 보낸 어느 날의 주간 일기는 딱 이런 내용만 적혀 있었다. 건강하지는 않았지만 행복한 봄이었다고 언젠가의 나에게 일러 주듯이.

지금도 봄에 쓴 이 짧은 주간 일기를 종종 읽어 본다. 어른이 되자는 말은 어른인 나의 좋은 점을 얼마든지 새삼스레 발견하자는 뜻으로 읽히고, 나랑 살자는 말은 나를 저버리지 말자는 말로 읽힌다. 할머니가 된 후에도 나는 나랑 살자고 일기에 적는 어른이고 싶다.

어른이 된 내게는 그에 맞는 일기가 필요하다. '일기

를 꼭 써야 할까?'라고 묻는다면 일기는 쓰기만 하면 적어도 자기 자신에게는 분명 좋다고 말하고 싶다. 매일 쓸 수 있는 어떤 끈기가 있다면 나를 위해 써 보지 않겠냐고 권하고 싶다. 일기는 그 누구도 아닌 나를 위한 기록이므로 나를 향한 시선이 일과로 자리 잡게 된다고. 나를 안아 줄 문장을 미리 준비해 두는 내가 된다고. 내가 아는 내가 매일 몇 문장씩 존재한다는 것은 잘 아는 숲을 등지고 걸어 나가는 일이라고. 나의 하루하루를 귀하게 대하는 지난날의 기록은 오늘에 놓인 그저 그런 하루 또한 소중히 대하게 한다.

나의 외로움

평소 외로움을 많이 느끼냐고 묻는 친구 말에 나는 좀처럼 외로움을 느끼지 않는다고 했다. 친구가 어떨 때 외로운지 대충 짐작하고 있었기에 할 수 있는 대답이었다. 나는 혼자 있을 때면 제일 바쁜 사람이고, 오히려 너무 많은 사람들 속에 있을 때 외로움 비슷한 감정을 느끼는 편이다. 외로움을 타지 않은 적이 거의 없다는 친구 말을 이해할 수는 있었다. 살면서 느끼는 감정이 서로 비슷하더라도 감정이 피어난 장면까지는 같을 수 없듯이, 사람과 사람은 똑같은 외로움을 결코 느낄 수 없다. 나는 쉽게 말해 밖에만 나가면 외로워지는 사람이었다.

중학생으로 올라가고 대체로 혼자 지내게 되면서부터 나는 처음으로 외로움이라는 장면을 직면했는지 모른다. 앞으로 사는 내내 안고 갈 외로움이라는 덩어리가 손에 만져지기 시작했을 때다. 초등학교 4학년이 끝나 갈 때 즈음 옆 동네로 이사를 가면서 버스를 타고 등하교를 했지만, 중학교는 친구들과 떨어진 학교로 배정을 받았다. 아무도 나를 모르고 나도 그 모두를 모르는 학교생활이 시작되면서 눈으로 말하고 눈으로 듣는 사람이 되었다.

혼자서 지내던 내가 걱정된 엄마는 나를 동네 작은 수학 교습소에 보냈지만 적응하지 못해 바로 그만두었다. 처음 학원에 간 날, 선생님은 수업을 일찍 마치고 다 같이 떡볶이를 먹자고 했다. 일종의 환영회였다. 나는 갑자기 떡볶이를 먹는다는 사실이 괴롭게만 다가왔다. 게다가 나 때문에 떡볶이를 먹는다는 것이. 낯선 동네에서 처음으로 가족 외의 사람과 밥을 먹게 된다는 것만으로도 나는 극도로 긴장하기 시작했다.

어릴 때부터 낯을 많이 가려 집 밖에만 나가면 입이 잘 열리지 않던 나였지만, 온 마을이 나를 웃는 아이로 자라게 했다. 단단한 이웃과, 나가기만 하면 만나는 친구와, 언제나 곁에 있어 준 오빠와, 화목한 지붕이 있던 나의 마을. 그곳을 벗어나자 다시금 모든 것이 어려워졌다.

내가 앉아 있던 책상에는 떡볶이, 튀김, 순대가 잔뜩 깔렸고, 선생님과 또래 아이들이 나를 둘러쌌다. 지금이라면 그런 떡볶이를 먹는 것은 일도 아니지만(물론 위는 조금 부풀어 오를 수는 있음) 중학교 1학년 때의 나는 도무지 입이 열리지 않았다. 입을 열어 떡볶이를 먹고 앉아 있는 내 꼴을 누가 보는 것이 싫었다. 내가 선택한 행동은 고개를 푹 숙이고 가만히 앉아 줄어드는 떡볶이만 응시하기. 떡볶이를 먹으며 떠들던 아이들의 목소리도 점차 줄어들었고, 나는 떡볶이 시간이 끝난 후에 선생님과 면담을 했다. 울고 싶을 정도로 외로웠고, 그렇게 행동하고 만 나 자신이 싫었다.

그날 밤에 엄마에게 다가가 학원을 그만두고 싶다고 말했다. 떡볶이 앞에서 열리지 않던 입이 엄마 뒤에서는 잘만 열렸다. 엄마는 퇴근 후 밤늦게까지 부엌에서 허리를 숙여 바삐 움직이면서 "알겠다" 한마디만 하셨다. '이유도 안 물어보고 왜 알겠다고 하지?' 속으로만 생각했지만 엄마는 꼭 다 아는 것 같아서 이상하게 눈물이 날 것 같았다. 그 눈물은 따지자면 고마움에 가까웠지만 실시간으로 고마움을 느끼기는 어려운 나이였다.

그 후로는 낯선 동네에서 학교 수업이라는 일과만을 소화하면서 지냈다. 학교를 마치고 집에 가 봤자 아무도 없었기에 곧장 집에 가지 않고 학교 뒷산에 있던, 옆으로 누운 나무에 다가가 앉았다. 정리된 길이 아니라 우거진 길로 집에 가다가 만난 나무였다. 뿌리가 없이 누워 있던 나무에 걸터앉으면 두 다리가 땅에 닿지 않아 달랑달랑 흔들렸다.

어느새 나무는 나의 방과 후 친구가 되었고, 학교에서 있었던 일이나 하고 싶었던 이야기를 털어놓았다. "오늘도 학교에서 한마디도 안 했다?" 다리를 흔들거리면서 말하니 다시 어린이가 된 것 같아 좋았다. 나는 정말로 나무에 기댄 기분이 들었고, 누구라도 지나가면 다시 입을 다물고 속으로만 말을 걸었다.

나무를 닮은 다른 친구가 또 있었다. 자전거를 타고 동네를 구경하다 만난 풍경이었다. 정원이 딸린 작은 집과 하늘이 어우러져서 마음이 편안해졌다. 자전거를 옆에 세워 두고 한참을 바라보다 보면 금방 저녁이 다가왔다. 나는 혼자가 된 마을에서 그대로 혼자로 지낼 때 비로소 쓸쓸해지지 않았다.

지우개를 빌리다가 서로를 쳐다보게 된 한 아이와 친구가 되어 나무와도 풍경과도 조금씩 멀어졌다. 학교를 나와 왼쪽으로 가면 친구네 집, 오른쪽으로 가면 나의 집인데 친구는 매일 나의 집까지 이야기를 나누며 걸어가 주었다. 친구가 하는 말이 웃겨서 집에 가는 길에 늘 바닥에 앉아서 오줌을 참아야만 했다. 드라마 주인공이나 학교 선생님을 따라 하다 보면 금방 집에 도착했고, 친구는 집 앞 버스정류장에서 버스를 타고 집으로 갔다. 아무 대답을 바라지 않았던 친구 다음에 내게 온 친구는 나를 웃게 하는 친구였다.

　　매번 나를 집까지 데려다주는 친구가 고마워서 나도 종종 친구네 집 방향으로 걸었다. 몇 정거장만 걷던 것을 친구네 집 근처까지 걸었고, 그다음에는 친구네 집에 들어갔다. 학교에 오면 언제나 나를 웃기기 바빴던 친구의 집에 간다니 나는 설레기만 했다. 친구는 쉬는 시간 종이 울리면 곧장 벽으로 달려가서 슬픔에 빠진 드라마 주인공을 연기해 댔다. 틈만 나면 벽에서 흘러내리는 사람 연기를 하느라 모든 에너지를 다 쓰는 애였다. 그것은 방금 끝난 수업에 대한 야유이기도 했고, 여기에서 벗어나고 싶다는 안달의 표현이었다. 나는 우는 연기를 하는 친구 때문에 매번 배를 잡고 웃느라 오줌을 미리 싸 둘 정도였다. 그런 친구네 집에 가면 또 얼마나 재미있을까.

친구네 집에서 먹을 컵라면 두 개를 사서 가방에 쑤셔 넣고 평소처럼 웃긴 이야기를 나누면서 걸어갔다. 친구네 집에 들어가자 할아버지 한 분이 우리를 반겨 주셨다. 친구는 서둘러 물을 끓이려고 가스레인지에 불을 켰지만 불은 들어오지 않았다. 불이 붙지 않는 소리만을 듣고 있자니 무슨 말을 해야 할지 모르겠어서 입이 꾹 다물어졌다. "아씨, 가스 또 끊겼다. 할아버지 오늘 밥 하나도 못 먹었어요?" 익숙하게 묻는 친구의 말에 친구네 할아버지는 이불이 깔린 방에서 느리게 끄덕였다. 나는 비닐을 벗겨 뚜껑을 반쯤 열어 둔 컵라면 두 개를 만지작거릴 뿐이었다.

국그릇 두 개에 물을 가득 담아서 전자레인지에 돌려 보았지만 물은 끓지 않았다. 컵라면은 정말 뜨거운 물로 만들어지는 음식이라는 것을 그날 알았다. 한 번 더 돌려 보자, 한 번 더 해 보자, 이 정도면 어때? 나만 계속 전자레인지를 돌렸고, 친구는 이제 컵라면은 먹기 싫어졌다고 말했다.

웃으면서 걸어오던 길이 꼬리가 잘린 것처럼 단번에 잠잠해졌다. 친구는 그냥 집에 컵라면을 가져가서 먹으라고 나를 돌려보냈고, 나는 할아버지랑 같이 먹으라고 내 컵라면을 친구에게 내밀었다. 앉은 자리에서 바닥에 둔 컵라면을 친구 앞으로 쓱 하고 밀자 친구는 웃지 않고 말했다. "우리 할아버지 컵라면 싫어해." 단호한 친구의 말에 나는 왜인지 쓸쓸했지만 얼른 가방에 찔러 넣고 집으로 돌아왔다. 친구가 준 테이프로 컵라면 뚜껑을 간신히 막고서. "학교에서 보자!" 하고 나오니 친구네 동네가 낯설게만 느껴졌다.

집에 돌아온 나는 마음이 이상했지만 그 이상함은 미안함에 가까웠다. 컵라면을 주겠다고 한 나의 말이 친구에게는 외로움으로 자리했을지 모를 일이었다. 학교 안에서 모이는 모든 아이들의 표정 뒤에는 자력으로 어떻게 할 수 없는 사정이 있다고, 학교에서 벗어나면 만나는 지붕이 어떤 모양인지 우리는 알 수 없다고, 나는 그때 알았는지도 모른다. 어쩌면 친구는 하교 후에 자신의 집이 아닌 나의 집까지 걸어갔어야 하지 않았을까. 더 이상 걸어갈 길이 끊겨 집에 가는 버스에 올라타야 할 때면 친구의 얼굴에는 웃음이 사라지지 않았을까. 친구에게 나는 내가 사귄 나무 같은 존재였을지도 모른다. 그 뒤로 우리는 학교를 마치고 피시방에 가거나 우리 집에서 밥을 먹었다. 이유 따위 드러내지 않고 학교 밖에서 조금 더 같이 살았다.

사람에게는 여러 갈래로 나뉘는 갖가지의 외로움이 있다. 하나의 외로움이 자라난 줄기를 따라 반대로 걸어가 보면 그 사람에게만 존재하는 광경이 있고, 그 순간만의 표정이 있다. 나의 외로움은 나를 만나지 못하는 순간에 드리운다. 외로움의 가닥들을 하나하나 살펴보자면 몇 개의 줄기 중 하나는 이것일 것이다. 그래서 타인과 외로움을 이야기할 때면 우리는 모두 다른 이야기를 할 수밖에 없다. 외로움이라는 고독이 저마다 어떤 색을 띠게 하는지는 알 수 없으므로. 친구의 외로움을 알 것 같다고는 했지만, 내 어찌 그것을 이해할 수 있을까.

한 사람에게만 깃드는 고유한 외로움을, 언제부터 쌓이고 겹쳐진 줄도 모르는 낯선 그림자를, 아무리 돋보기를 들고 들여다보려고 해도 우리가 앉아 있는 자리에서는 보이지 않는 그늘을 말이다. 나는 나의 외로움을 따라 저 멀리 다녀온 후에야 타인의 외로움을 감히 아는 척하지 않게 되었다. 혼자 있는 시간이 힘들다는 친구 앞에서 "나는 혼자 있는 거 엄청 잘해" 하고 자랑할 수 있는 일이 아니었다.

내 이야기가 아닌 친구의 이야기로 그의 외로움을

미리 그려 보고 싶어졌다. 나는 아무래도 상관이 없는 상황이 친구에게는 외로울 수 있고, 친구에게는 즐거운 상황이 내게는 외로울 수 있다는 것을 안 채로 우리의 이야기를 나누어야 한다고.

여전히 어떤 나무와 어떤 풍경은 나의 친구다. 외로움이라는 단어를 만나면 나는 기어코 나를 외롭지 않게 만들어 준 죽은 나무를 떠올린다. 낯선 마을에서 내 입을 열게 해 준 유일한 친구를.

인사

    고등학교 복도를 걸을 때면 더 이상 여기에 속해 있지 않게 될 저 먼 훗날이 그려졌다. 학생일 때는 학교가 싫겠지만 학교를 떠나기만 한다면 지금이 그리워질 것이라는 말. 학생이던 내 귀에 들어오지 않았지만 조용한 복도를 찬찬히 걷기만 하면 벌써 이곳이 그리워졌다. 이 시간의 복도를 걷는 것은 지금뿐, 언제나 그렇게 생각했다.

    각별하게만 느껴지는 복도에서 어째서인지 몽글몽글한 기운을 느끼는 것도 잠시, 불안이 스물스물 올라왔다. 미술 선생님이 저 끝에서 걸어오면 어쩌지, 그를 만나면 어쩌지. 미술 수업 시간이나 토요일에 미술부 활동을 하면 반드시 만나는 선생님이었지만, 복도에서는 만나고 싶지 않았다. 내 사랑 복도에서 미술 선생님을 만나지 않게 해 달라고 눈을 질끈 감고 기도를 할 정도였다.

미술부에 들어간 1학년 때부터 졸업을 앞둔 3학년 때까지 미술 선생님은 내가 건네는 인사를 받아 주지 않았다. 복도에서 마주칠 때면 인간 대 인간으로 인사를 건네지만 언제나 다른 쪽을 보며 고개를 돌렸다. 이유 또한 알고 있었다. 알면서도 나는 인사를 했고, 인사는 언제나 증발되었다.

미술부에 들어온 많은 아이들 중에서 유일하게 나 혼자만 미술 학원에 다니지 않고 있었다. 대학에서 미술을 전공하기 위해 학원을 다니면서 학교 미술부에서도 활동하는 것이 여기의 관행이라는 것을 나중에야 알았다. 한마디로 나라는 존재는 미대 진학률을 깎아먹는 존재였으므로. 집안 형편이 어려워 학원에 다닐 수 없으니 미술부에서라도 배우고 싶다는 내 말은 미술 선생님에게는 통하지 않았지만 선배들에게는 가닿았다. 나를 떨어뜨리겠다는 것을 선배들이 바득바득 우겨 겨우 붙여 놓은 것이었다.

우리가 너를 뽑았다고 웃으면서 환영해 주는 선배들과는 달리, 그날부터 미술 선생님은 나를 투명 인간으로 취급하기 시작했다. 미술부 친구들과 모여 있을 때는 아무래도 상관이 없었지만, 문제는 선생님과 단둘이 마주할 때였다. 그냥 만날 때마다 "그림 정말 못 그린다 너" 하고 말해 주는 편이 나았다. 적어도 그것은 내가 보이는 일이었다.

건네는 인사를 못 본 척 지나가는 그 우아한 걸음걸이가 내게는 언제나 상처였지만 그렇다고 인사를 하지 않을 수 없었다. 인사를 받아 주지 않는다는 이유로 인사를 그만둔다는 것은 나조차도 나를 지워 버리는 일 같았다. 복도에서 단둘이 마주칠 때면 당장에 옆에 있는 아무 교실로 도망치거나 열린 창문으로 뛰어내리고도 싶었지만 내 선택지는 딱 하나였다. 받아 주지 않을 인사를 소리 내어 건네기.

"안녕하세요."

여전히 옆을 보며 못 본 척하고 지나가며 무시해 버리는 키 큰 어른에게 다음에도 또 그 다음에도 재차 인사를 건네며 3년을 보냈다. 받아 주지 않는 인사를 건네는 일을 계속하면서 괜찮아지거나 아무렇지 않거나 하지는 않았다. 언제나 내 목소리만 울려 퍼지고 다시 정적이 찾아드는 복도에서 가슴이 뾰족하게 꾸욱 눌렸다. 삐쭉하고 눈물샘이 쓰게 느껴졌다. 이것은 분명한 상처의 자국이었다. 인사라는 그 어렵지 않은 행동을 통해 마음을 전하는 어른. 삐지기 바쁜 어른을 측은하게 바라보았다. 왜 이렇게까지……. 이 생각을 하며 복도를 벗어나기만 하면 내가 건넨 인사를 잊으려고 애썼다.

미술부에서 보낸 3년의 시간은 내 생에서 긴 여운을 담당하는 아렴풋하고 소중한 추억으로 자리했지만, 그 구석에는 내게 단단히 삐진 어른의 표정이 절대 지워지지 않고 있다. 가난한 주제에 미술부에 들어와 물을 흐려 버린 학생에게는 그만한 대우를 해 주어야 한다는 사실이 한 명의 내면 안에서는 합당했고 그래서 당당할 수 있다니.

졸업을 앞둔 3학년 겨울, 이제는 제발 그만 마주치기를 바랐지만 기어코 세상은 나와 미술 선생님 단둘을 또다시 복도에 위치시켰다. 그간 지켜 온 적절한 거리, 좁은 복도이지만 여기 사람이 있다는 것을 모르기 어려운 간격에 다다랐을 때, 전과 다름없는 인사를 건넸다. 그날 처음으로 선생님의 고개가 끄덕여졌다. 입은 여전히 열리지는 않았고, 그래서 "그래 안녕" 고작

이 한마디도 더해지지 않았지만 처음으로 인사를 받아 주었다. 단지 젖힌 고개를 까딱거리는 수준이었지만. 인사를 나눈 것이 아니라 받기만 했다. 그렇게 지나친 선생님의 뒷모습을 나는 처음으로 조금 다르게 바라보았다. 하면 된다는 감격이 있다면 완전히 그 반대에 놓일 법한 마음 상태가 되어 한동안 움직이지 못했다. 내가 보이잖아요. 그런 말풍선이 복도에 덩그러니 떠올랐다.

인사를 받지 않는 어른은 되지 말자. 복도에서 수없이 겪었던 일을 통해 내가 배운 것이 있다면 단 하나였다. 행동으로 말하는 사람은 되지 말자. 하지만 막상 살아가면서 무엇이 되지 않기로 하고 정말로 그렇게 하기란 생각보다 어려웠다. 매 순간 끙끙거리며 노력할 수 있는 것이 아니었다. 마주한 상황에서 내 마음이 어떻게 동하는지는, 되지 말자고 다짐했던 순간의 약속에서 기인한다는 것을 뒤늦게 알게 되었다. 행동으로 말하는 사람이 되지 않는 것이 아니라, 뚱한 마음이 올라오면 바로 말을 하는 사람이 되어 버린 것이다.

그렇게 나는 행동으로 말하는 사람들과 멀어졌고, 말투에 속마음을 묻히듯이 행동에 의미를 더한 냥 몸투로 의사 표현을 하는 사람과는 더 이상 관계를 맺지 않게 되었다. 고작 인사로. 고작. 그렇게 생각하며 지난날 내가 바라본 어른의 뒷모습을 바라보듯 작별을 고했다.

회사 생활을 하며 인사를 받지 않는 사람들을 쉽게 만났다. 3년 내내 끈기를 갖고서 인사를 받지 않는 사람을 사회에는 만날 수 없었지만, 인사를 받지 않음으로써 현재의 불쾌함을 나타내는 사람은 어디에나 있었다. 못마땅함이 타당해서 표출되는 무언의 말이었다.

퇴근 시간에 자리에서 일어나 "먼저 가 보겠습니다" 하고 인사를 건네면 모니터에 가려진 얼굴을 더욱이 숙인 채로 무언으로 반응한다. 그런 상사는 같은 시간이면 어김없이 똑같이 행동했다. 하지만 다음 날 그 상사는 출근 시간이 훨씬 넘은 시간에 멋대로 느지막이 들어오며 "안녕" 하고 하루 중 가장 밝은 목소리로 인사를 건넨다. 그 인사를 모른 척할 수 있는 사람은 아무도 없었다. 고작 인사로 작은 사무실 안의 분위기가 정해진다. 그럴 때면 어김없이 전해지지 않았던 3년의 인사들이 떠오르기 마련이었다. 잊고 싶은 기억은 다른 얼굴을 하고서 자꾸만 나를 찾아온다.

그러나 인사라는 단어만 두고 한 시절을 떠올려 보자면 상처의 자국만 있는 것은 아니었다. 같은 시절,

누군가는 필사적으로 나의 인사를 저버리려 할 때 또 다른 누군가는 내게 달려와 인사를 건네주기 바빴다. 나를 미술부로 데려와야 한다고 우겼던 선배 중 한 명과 일대일 자매가 되었다. 나는 난생처음 언니가 생긴 기분을 맛보았다. 선배는 쉬는 시간이면 수시로 나를 찾아와 문 앞에 서서 인사를 건네주었다. 활짝 웃는 얼굴로 빵과 음료수를 꽉 쥔 손을 보여 주며 한 손은 높이 들면서. 그 웃음과 빵과 인사는 그때의 나를 살렸다.

인사를 받지 않았던 선생님을 떠올릴 때는 아무렇지 않던 감정이, 내게 달려온 사람이 건네던 인사를 떠올릴 때면 일어난다. 고마운 감정은 그토록이나 진하고 강하다. 미술부 친구들과 점심시간에 미술실에 모여 좋아하는 노래들을 들으며 앉아 있던 시간 또한 나를 살렸다. 교실 창문이 아닌 미술실 창문으로 교정을 바라보던 시간은 오래오래 추억할 작은 액자를 마음에 심어 두는 과정이었다. 창문을 통해 추억할 오늘이 얼마나 반짝이는 순간인지는 전혀 모른 채로.

나의 가난은 내 인사를 거부당하게 했지만 나를 미술실에 있을 수 있게 만들기도 했다. 그 값으로 끝내 옹졸했던 어른 하나를 기억해야 한다면 나는 다시 기꺼이 하겠다고, 다시 돌아간다고 해도 어떻게든 미술부에 들어갈 것이라고 말하지 않을까. 고등학교 1학년으로 다시 돌아가 삐질 어른과 편이 되어 줄 선배들 앞에서 똑같이 말하지 않을까. "3년만이라도 미술과 가까이 지내고 싶습니다." 인사를 받지 못하게 할 정도의 말은 아니었으니까.

바깥 오뎅

마을버스를 타고 창밖을 멍하게 쳐다보다가 눈이 동그래졌다. 동네를 매일 지나다니며 갑자기 가게 하나가 없어지거나 건물이 부서져도 이렇게 박력 있게 놀란 적은 없었다. 누군가에게는 아무런 변화도 느껴지지 않는 어제와 다름없는 풍경이었겠지만 내게는 몇 년 만에 처음으로 마주한 목소리였다. 작은 술집의 문에 어떤 목소리가 보인 것은 처음이었다.

단지 흰색 종이에 쓴 명절 휴무 공지였다. 정말이지 알린다는 의지만이 느껴지는, 아무렇게나 휘갈겨 쓴, 크기만 큰 글씨였다. 덕분에 빠르게 달리는 마을버스를 타는 승객이라도 그 알림을 받을 수 있었다.

처음으로 내가 살 동네를 이곳으로 정하고 새로운 나날을 시작하던 해에 집 바로 근처에 생긴 작은 술집 이었다. 지금은 내 작업실이 된 집에서 혼자 살면서 가 본 적이 없었다. 몇 걸음만 가면 금방이지만 문이 열린 것을 본 적이 단 한 번도 없었기 때문이다. 가게는 잘 오픈했는지, 뭘 파는 곳인지, 맛있는 메뉴가 있는지 찾 아볼 생각조차 하지 않았다. 대체 여기는 언제 시작하 는 거지? 이 생각만 몇 년을 하며 지냈다.

공지 종이를 마주하기 전에 술집이 열리기는 한다 는 것을 알게 되었다. 동네 이웃 가게에서 이웃들과 노 닥거리던 어느 낮. 날도 점점 더워지고 술이나 마시자 며 다음 장소에 대해 이야기하다가 문득 퀴즈처럼 질 문 하나를 받은 적이 있다. 그 술집에 간 적이 있냐고 말이다. 질문을 받자마자 "거기 문 열어요?" 하고 답했 더니 와하하 웃으며 아주 적절한 답을 말했다는 듯이 반응해 주었다. 나의 이웃 둘은 모두 들어가 본 적이 있는데 맛이 좋았다고 했다. 가 본 사람만 아는 가게, 운이 좋은 사람만 들어가 본 가게라는 말을 이었다. 여 기는 언제쯤 문을 여나 싶었는데, 들어간 사람이 둘이 나 있다니.

공지 종이를 발견하고 눈이 커진 것은 단지 안 열던 가게가 열었기 때문만은 아니었다. 그곳을 가 본 주변 지인들에게서 몇 가지의 에피소드와 소문을 전해 들었다. 한마디로 불친절한 곳이니 조심하라는 이야기였다. 불친절함의 이유 중 하나는 안에 불이 켜져 있는데도 문이 닫혀 있다거나, 자리가 있는데도 오늘은 장사를 안 한다고 한다거나, 주문을 하면 딱딱하게 대답한다는 것 등이었다.

나는 아무리 친절한 가게에서도 긴장을 하는 성정을 타고나서 조금이라도 말이 나온 곳은 피하는 편이다. 이 술집 또한 후기 곳곳에서 불친절함과 관련한 에피소드가 전해지고 있었다. 과연 들어갈 수 있을까.

그간 계속 문을 열었으면서도 단 한 번도 문 연 것을 티 내지 않던 곳이 휴무를 안내하다니. 명절 휴무 안내에 놀라 버린 것은 무리가 아니었다. 곧장 두 주먹을 꽉 쥐었다. 며칠 뒤 나는 동거인과 함께 큰 용기를 내어 방문했다. 술집에 가는 데도 용기라는 에너지를 쓰는 사람이 바로 나다.

가게 안에는 여성 손님 한 명이 다찌에 앉아 술을 마시고 있었다. 이야기를 많이 들어서 외모까지 뚜렷하게 상상해 버린 사장님은 안쪽에서 열심히 조리 중이었다. 다찌 자리 중에서 가장 마음이 편할 것 같은 구석 자리에 앉았다.

이웃이 전해 준 술집 이용 팁 몇 가지를 이미 숙지해 두었다. 우선 자리에 앉으면 손수건과 앞접시 등을 준비해 줄 것이니 가만히 앉아 있으면 된다는 것. 아무리 일본식 술집이지만 "이랏샤이마세!"(어서 오세요) 하는 반가운 인사는커녕 "토리아에즈나마비루!"(일단 생맥주부터 주세요) 하며 주문도 하기 전에 맥주부터 주문하는 호기로움은 여기에서는 불가능하다는 뜻이었다.

그리고 한 명이 운영하는 술집이기 때문에 한 번에 메뉴 세 개 이상은 주문하면 안 된다는 것도 중요했다. 가격이 비싸지 않고 조금씩 나오는 편이라 한 번에 많이 주문해 버리고 싶겠지만 그럴 때면 사장님이 제지한다는 것이다. 나는 호오 역시 그럴 수 있겠다 생각하면서 끄덕끄덕거렸다.

이웃의 말대로 손수건과 앞접시가 앞에 놓였다. 착석하자마자 곧장은 아니었고 손수건과 앞접시를 준비한다면 걸릴 수 있는 최대의 시간이 걸렸다. 그 전까지는 메뉴를 보면서 어떤 술에 무엇을 먹을지 그려 보았다. 맥주 두 잔과 안주 두 개. 깔끔한 두 사람 분을 주문하니 아주 친절하지도 그렇다고 불친절하지도 않은, 아무래도 괜찮은 대답이 돌아왔다. 그냥 "네" 한마디였고, 이것으로 친절함을 평가할 일은 아니었다.

자리에 생맥주 두 잔이 척척 도착했고, 두 개의 안주도 생각보다 금방 만들어졌다. 술 한잔과 함께 안주 딱 하나를 더 먹고 싶었다. 여기에 있으니 내 마음이 꼭 욕심처럼 느껴졌지만 다행히 손님이 적은 날이라 안심이 된 나는 그새 긴장이 풀려 버렸다.

맥주 두 잔과 오뎅 하나를 주문하기 위해 사장님을 향해 "사장님" 하고 불렀지만 대답은 돌아오지 않았다. 바로 앞에 계신데 왜지? 다시 한 번 사장님을 불렀으나 들리는 것은 양배추를 썰고 있는 소리뿐이었다. 잠시 정적이 흐르면서 그제야 칼질 소리가 들렸다. 최대한 얇고 가늘게, 빠르게 써는 소리였다. '아, 칼질 중이셨구나!' 하며 나는 또 사장님을 불렀다. 칼질 소리가 잠시 느려지면서 대답이 귀에 꽂혔다.

"잠시만요."

칼질 소리 사이에 칼 같은 한마디가 끼워져 있었다. 나는 아주 오랜만에 "넵!" 하고 대답하고서 다시 긴장을 탑재한 채로 남은 술을 홀짝였다. 사장님은 양배추 손질을 마치고 손을 씻고 핸드타월에 손을 닦은 후에야 다시금 내게 말을 걸었다.

"생맥주 한 잔, 병맥주 하나, 그리고 오뎅 하나 주세요."

첫 주문 때와 똑같은 온도의 "네" 한마디 대답을 건네고는 내 생맥주를 따르러 떠난 사장님. 핸드타월은 내 자리에서 아주 가까웠다. 앞으로는 손을 닦으실 때에 사장님을 부르는 것이 좋겠다는 작은 팁 하나를 얻었다.

나는 어차피 어디에서나 긴장을 하는 터라 이 긴장이 이상하게 좀 맞았다. 긴장쟁이가 긴장을 할 수 있는 곳이라니 내게 최적화된 곳이나 다름없었다. 단점이 장점이 될 수 있는 기회였다. "여기 불친절한 곳인가?" 하고 같이 방문한 동거인에게 물어보니 "불친절한 건 모르겠고 그냥 이게 좋은데?" 하는 것이었다. '이게'라는 것이 뭔지 알 것 같았고, 내 생각 또한 그러했다. "아니 근데, 이게 맞지"의 '이게'였다. 불친절한 것이 아니라 여기에 요리를 하는 사람이 있다는 사실이 손님에게 잘 전해지는 것뿐이었다.

사람마다 제각각 일순간 날카로워지는 순간이 있다. 어쩌면 나와 사장님은 부엌에서 칼을 잡으면 평소와 다르게 이마에 힘이 들어가고 지나치게 예민해지는 점이 같은 사람인지도 모른다. 나는 부엌일을 좋아하지만 칼과 불 앞에서는 단번에 날카로워진다. 온 신경을 여기에 다 쓰고 있어서 누가 말을 걸거나 왔다 갔다 하면 바로 짜증이 나 버린다. 그런 나는 나를 잘 알고 있어서 양배추 손질 중에는 대답을 차마 하지 못했던 그 순간을 너무나 이해할 수 있었다. 나도 부엌에서는 그러면서 손님으로 둔갑했을 때는 양배추를 썰든 말든 상관없이 말을 걸어 버렸다.

카페에서 일을 할 때면 내가 여기에서는 사람이 아닌 커피를 만들고 주문을 받는 기계처럼 놓여 있다는 것을 자주 느꼈다. 어떤 일을 하고 있어도 손님이 부르면 즉시 반응하고 달려가야 하는 기계. 손에 물이 묻어 있어도 그것을 닦을 시간도 없이 빠르게 손님 앞에 나타나야 하지만 손의 물이 줄줄 떨어지면 안 되는 기계. 반말로 주문해도 존댓말로 답해야 하는 기계. 훅 던진 카드를 짧은 손톱으로도 빠르게 잡아야 하는 기계. 설거지를 하다가도 고무장갑을 빨리 벗어던지고 계산하려는 손님에게 가야 하는 기계. 그 잠깐의 시간을 사람들은 대부분 기다리지 않는다는 것을 나는 누구보다도 잘 알고 있었다.

카페와 식당에서는 하던 일을 멈추기 힘든 일이 있고, 대부분이 시간이 걸리는 일이다. "잠시만요" 하거나 "조금 시간이 걸리는데 괜찮으실까요?" 묻는 것은 이 모든 일을 사람이 하고 있다는 것을 생각해 달라는 말이기도 하다. 나는 주문이 밀려 시간이 좀 걸릴 것 같다는 말을 들으면 천천히 해 주셔도 괜찮다고 꼭 말을 한다. 내가 안쪽에서 있을 때 그 말이 정말 큰 힘이 되었으니까. 그런데도 정말 천천히 할 수는 없었고, 예상보다 더 늦어져서 죄송함뿐이었지만 그래도 그런 말을 건네준 사람들은 끝까지 비슷하게 웃으며 기다려 주었다.

조금 뒤에 나온 추가 맥주와 오뎅 한 그릇을 내려다보면서 나는 눈을 질끈 감았다. 지난 한 주의 노곤함을 씻어 주는 한 그릇의 자태. 시원한 맥주 한 잔을 마시고 보들보들 따뜻한 오뎅을 입에 쏙 넣어 씹었더니 바깥의 음식을 먹는다는 감각이 선명해졌다. 바쁘고 정신없게, 혹은 멍하게, 대충대충 있기도 하고 혹은 꼿꼿하게 지내며 나의 할 일을 하며 지낸 그 시간을 푸근한 오뎅 만드는 데 써 준 감사함. 곧장 만들어지지 않는 오뎅 한 그릇을 이렇게 집 앞에서 말 한마디면 만날 수 있다니.

김이 나는 오뎅 한 그릇에는 노릇하고 투명하게 익은 무도 있다. 젓가락을 멀리 잡고 조심스럽게 무를 자르면 감사함이 겨드랑이까지 전해진다. 그간 긴장했던 모든 기운이 오뎅 한 그릇으로 완전히 풀어졌다.

감사한 것은 맥주와 오뎅 한 그릇만이 아니다. 봄에 먹는 열무국수는 또 어떤가. 나는 사시사철 열무국수를 파는 국숫집을 사랑한다.

봄의 열무국수에는 지난 계절에 담근 열무김치가 들어간다. 시간의 힘을 받아 아주 진한 색으로 변해 자기가 낼 수 있는 최대한의 시큼함을 쓰디쓰게 자랑한다. 칙칙한 열무김치가 든 열무국수는 열무의 계절이 되기 전에만 만날 수 있는 봄의 음식이 아닐까. 다음 계절까지 열무국수를 제공하도록 양껏 담은 것도 감사하고, 적당히 시큼하고 진하게 보관해 준 것도 감사하기만 하다. 봄이 지나면 또 파릇파릇한 열무김치가 든 열무국수를 먹겠지. 그것은 또 얼마나 맛있고 아삭할까.

소문이 자자하던 작은 술집은 나의 단골 가게가 되었다. 이제는 친구들을 데려가서 주문 담당이 되어 척척 해낸다. 핸드타월이 잘 보이는 곳에 앉아서 손님으로서 느낄 수 있는 이곳의 리듬을 최대한 느끼면서. 추가 주문은 타이밍. 음식이 도착하면 긴장도 내려놓기. 어째 이제는 이 모든 순간을 즐기고 있는 것 같다. 어

떤 가게를 가든지 간에 긴장하는 나였는데 이제야 나
의 무대를 만났다.

저장 안 함

카페 아르바이트를 하면서 생긴 스킬이 있었다.

주문하신 커피 나왔습니다.

안녕히 가세요. 어서 오세요.

저장 안 함 버튼을 누르는 스킬.

저장하지 않을 경우 변경 사항이 손실됩니다.

저장 안 함   저장

카페에만 가면 키오스크 기계가 된 듯한 기분이 들었다.

Coffee

주문 하시겠어요?

아메리카노, 아이스.

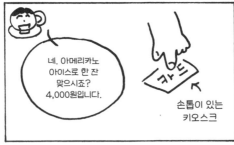

네. 아메리카노 아이스로 한 잔 맞으시죠? 4,000원입니다.

카드

손톱이 있는 키오스크

이런 건 일종의 줄임말로 인식하면 그만이지만
그렇지 못한 말들도 있었다.

커피 갑니다~

여기 좀
치워.

나 무시해?
내가 누군 줄
알고!

알바
주제에.

오

와우

저장 안 함

저장 안 함 버튼 누르기는
듣기 싫은 말을 들었기 때문에 생긴 스킬이었다.

...

분명 저장 안 했는데
만화 그리려고 하니까
생각이 난 걸 보니
임시 저장 폴더로
잘못 옮겨졌던가?

앞치마 걱정

당신은 앞치마를 입고 오줌을 쌀 일이 있습니까? 나는 누군가랑 마주 앉으면 꼭 한번 이 질문을 던져 보고 싶었다. 아니면 이런 질문은 어떨까? 앞치마를 입고 오줌 싸는 것을 어떻게 생각합니까?

첫 번째 질문에 대한 내 대답은 "예스"이고, 두 번째 질문에 대한 내 대답은 "안 된다고 생각합니다. 비위생적이고요. 일단 앞치마는 작업복 혹은 작업 도구에 속하잖아요."

앞치마라는 작업복 혹은 작업 도구에 대해 이렇게 진심인 것은 단지 카페 아르바이트 경험이 두터운 사람이기 때문만은 아닐 것이다. 분명 카페 아르바이트를 하며 앞치마를 입게 되었지만.

카페에서 일할 때의 나는 몇 가지의 약속을 정해 지켰는데, 그중 하나가 '앞치마를 입은 채로 화장실에 가지 않는다'였다. 카페나 식당에서 일해 본 사람들은 알겠지만 일단 화장실에 가는 타이밍을 잡기란 여간 어려운 것이 아니다. 아무도 나를 부르지 않고, 당분간 부를 일이 아마도 없을 약 2분가량의 공백을 잘 골라야 한다. 화장실에 가는 모습을 누군가 한 명은 반드시 쳐다볼 것이라고 생각하면서 보란 듯이 앞치마를 벗어 작업대 위에 살포시 올려 둔다. 이것은 내가 화장실을 가겠다는 신호다. 내가 나에게 주는 신호이자 카페라는 무대에서 보내는 신호. 그러니까 오줌을 쌀 동안은 일하는 것이 아니라는 사실 하나.

카페에서 입는 앞치마는 카페 업무에 해당하는 일을 할 때만 필요하고, 그렇기에 출근하자마자 입어야 한다. 물이 튀는 일이 많기 때문이지만 튈 수 있는 것에 내 오줌까지 해당하는 것은 아니라고 나는 굳이 매번 명심했다. 카페는 마시는 것을 만드는 공간이고, 화장실이 카페 안에 있더라도 화장실은 화장실이다. 부엌에서 쓰는 고무장갑과 화장실에서 쓰는 고무장갑이

다르듯이, 공간에 맞게 행동하는 것은 당연한 일이다. 마신 것이 배출되는 장소에 앞치마를 입고 가는 일은 아무리 생각해도 맞지가 않고, 앞치마를 입고 오줌을 싸는 일은 오히려 편하지도 않다.

그래서 나는 아무리 분위기가 좋은 카페나 식당에서도 일하는 사람이 앞치마를 입은 채로 화장실 열쇠를 들고 밖으로 나가 버릴 때면 동공이 흔들린다. 그게, 내가 앞치마를 입고 오줌을 쌀 테면 쌀 수도 있는 입장이었기 때문이다. 앞치마를 입고 오줌을 싸는 장면을 경험적으로 그릴 수 있어서 괴롭다. 다시는 이곳에서 아무것도 먹고 싶지가 않다는 마음만이 내 안을 꽉 채운다. 아무리 조심하더라도 앞치마는 화장실 안에서 성가신 존재가 될 수밖에 없다. 앞치마가 전혀 더럽혀지지 않았더라도 방금 전까지 누군가의 오줌이 묻을 뻔한 장소에 같이 다녀온 앞치마는 되도록 위생을 지켜야 하는 장소에서는 더 이상 도구로 쓰일 수가 없다.

맛집으로 소문이 자자한 한 술집이 있었다. 처음 생겼을 때 나도 한번 가 본 적은 있었는데 어째 영 마음이 가지 않아서 더는 방문하지 않았다. 그곳을 다녀온 한 친구가 내게 무시무시하게 공포스러운 이야기가 있다며 겁에 질린 표정으로 입을 열었는데, 정말로 도시 괴담 같은 것이었다.

"거기 화장실에 비누도 핸드솝도 없었어. 오줌 싸는데 점점 눈이 커지는 거야. 손님은 그렇다 치고, 아니 여기에서 일하는 사람들은 손 안 씻나? 아니 씻겠지. 그래서 일단 자리에 다시 앉아서 주방을 봤거든. 거기가 또 오픈 키친이어서 바에 앉으면 다 보이잖아. 그런데 아무리 찾아도 주방에 비누가 안 보이는 거야. 어딘가에 있겠지. 그때 요리하던 분이 화장실 가더라? 내가 여기를 계속 올 수 있는지 없는지는 이제 그것에 달린 거야. 그 사람, 화장실 다녀와서 부엌에서도 손 안 씻고 바로 요리를 했어."

나와 친구는 눈을 마주한 채 점점 커지는 동공을 바라보았다.

"이런 가능성을 생각해 봤어. 만약에 그 사람 앞치마에 그 사람만의 종이비누라든가 그런 게 있다는 가능성."

"응. 나도 생각해 봤는데, 그렇게 자기만의 비누를 가지고 다닐 사람이 모두의 비누에 대해서는 야박하다?"

"가지 말자."

벌써 몇 해 전의 대화에서 나는 내가 가장 중요시하던 문제가 빠져 있다는 것을 감지했다. 그러니까 앞치마도 입고 간 거지? 나는 정말로 앞치마 걱정을 그만하고 싶다.

사랑을 배울 줄 아는
사람들

반려견 키키와 함께 산책을 하다 보면 많은 사람들과 마주친다. 개를 너무 좋아해서 티 나는 사람, 개를 싫어하는 것을 굳이 티 내는 사람, 개를 무서워하는 사람, 개가 신기한 사람, 예전에 같이 살던 개와 닮아 슬픈 표정을 하는 사람, 개가 지나가거나 말거나 상관없는 사람, 개가 지나간다고 해서 길을 비켜 주는 것이 자존심 상하는지 절대 안 비키고 칠 듯이 지나가는 사람, 좋은 기회다 싶어 개를 만지려고 하는 사람, 개 이름과 나이를 물어보고 자신의 개 자랑을 시작하는 사람, 개는 무는 개와 안 무는 개로 나뉜다고 생각하는 사람, 개에게 옷을 입히는 것을 웃기다고 여기는 사람, 모든 개를 사랑해서 아무 티도 안 내고 지나가는 사람, 모든 개를 혐오해서 할 수 있는 모든 티를 내고 안 지나가는 사람.

내가 바라보는 사람들이 이렇게 다양한 것처럼 나와 나의 개를 바라보는 사람들의 시선 또한 그 수만큼 많을 것이다. 개와 여자가 거리에 등장하면 째려볼 곳이 생겼다는 듯 입을 여는 사람들이 많다. 그들과 꼼꼼하게 맞서 싸우던 것도 이제는 옛일이 되었다. 화낸 사람에게는 그저 말동무가 생긴 셈이었고, 동네에 쏘다니는 개와 여자를 혼쭐냈다는 표창이 생길 뿐이었다. 말 걸지 말라고 하면 더 말을 걸던 인간이 남자인 동거인과 다닐 때는 모른 척 입을 꾹 다무는 것을 보고는 그나마 남아 있던 분노도 아까워졌다.

키키는 피부가 안 좋아서 여름에도 꼬박꼬박 옷을 챙겨 입는다. 한여름에 옷을 입고 다니는 개를 보면 혀를 차고 지나가는 사람들이 많다. 개랑 좀 살아 봤다는 사람들이 더 하는데, 이것을 그냥 지나치지 않고 나를 쳐다보면서 걱정의 눈초리를 보낸다. 아무 말 없이 쳐다보고 지나가면 나도 별말을 안 하지만, 애가 너무 덥겠다는 한마디를 하면 놓치지 않고 반응한다.

"피부병 때문에 여름에도 옷 입히라고 하더라고요. 병원에서요."

이것은 내가 찾아낸 화법으로, 이런 대화에 부드럽게 건네기 좋게 미리 마련해 둔 문장이다. 병원에서 처방한 것이라고 말하면 몰랐던 사실 하나를 알게 됐다는 눈빛으로 다시 고개를 돌려 키키와 나를 바라본다.

"몰랐어요. 그냥 예쁘게 보이려고 입히는 줄 알았지. 이렇게 생각하면 안 되겠다."

몰랐다는 것을 인정하기란 얼마나 어려운지. 그것을 알기에 내 말에 대답해 주던 동네 어르신의 말은 마음에 오래 남았다. 적어도 아직 모르는 사람들에게는, 알고자 하는 사람들에게는 알려 주자고. 자신만의 세상을 살다 보면 모를 수밖에 없는 세상의 이모저모. 욕하고 화내는 사람들에게 대꾸해 줄 에너지를 모아 알게 되면 달라질 사람들과 대화를 하며 이 마을 속에서 살아가고 있다. 나 또한 누군가의 한 면만을 보고 쉬이 판단하지는 않았나 생각해 보면서.

키키와 단둘이 공원에 앉아 있는데 어린이 친구 두 명이 다가왔다. "만져도 돼요?"라는 질문은 꼭 키키랑 친구 해도 되냐는 말처럼 들린다. 어린이들은 대부분 먼저 물어보고 다가온다. 성인들은 물어보더라도 "만져도 돼요?"가 아닌 "물어요?"라고 하는 것이 좀 다르다. 만져도 되냐는 질문은 그간 개와 만날 기회는 없었지만 개를 좋아하고 싶다는 말처럼 들리기도 했다. 그래서인지 나는 이때다 싶어 개에게 다가가는 법을 알려 준다.

"갑자기 다가오면 깜짝 놀랄 수도 있어서 먼저 천천히 손등을 내밀면 냄새를 맡을 거예요. 냄새를 먼저 보여 주는 것이 인사예요."

내 말을 들은 아이들은 왜 그런 것이냐는 질문 하나 없이 바로 쭈그려 앉아 작은 손등을 내민다. 키키는 재빠르거나 과하게 움직이는 사람에게는 흥분하는 편이지만 느긋하고 차분하게 다가오는 사람에게는 큰 반응을 하지 않고 비슷한 속도로 다가간다. 인사를 건넨 후에 몇 번 쓰다듬는 것을 참아 낸 키키는 이제 뒤에 있는 흙바닥으로 시선을 옮긴다. 이렇게 개와 어린이의 인사는 끝이 난다. 이제 됐는지 놀이 기구로 달려가는 두 아이들을 보고 키키가 깜짝 놀라 짖어 버렸다. 나는 아이들이 놀랐겠다 싶었는데, 한 친구가 웃으면서 하는 말.

"나를 좋아하나 봐!"

키키를 만지는 아주 잠깐 동안에 속으로 어떤 대화

를 나누었을지 궁금해졌다. 아마도 다음에도 길에서 개를 만난다면 냄새를 먼저 내밀지 않을까. 아주 천천히. 나 또한 놀이터에서 만난 아이들처럼 누군가에게 배웠던 과정이 있었기에 알려 주는 사람이 될 수 있었다.

나의 동거인은 키키의 둘도 없는 친구이자 매일 키키의 안위를 신경 쓰는데, 키키를 만나기 전까지는 단한 번도 개와 살아 본 적도, 개와 오래 있어 본 적도 없었다. 개를 좋아하기만 했지 개에 대해서 하나도 모르는 사람이었다.

동거인과 키키가 처음 만난 것은 2012년 작은 놀이터에서였다. 지금보다 한참 작았던 키키를 어쩔 줄 몰라하던 모습이 마냥 신기했는데, 신기함은 단번에 당혹함으로 변했다. 키키에게 주라고 하며 간식 몇 개를 건네주었더니 키키 이름을 부르면서 놀이터 모래 바닥에 간식을 휙 하고 던져 버렸다. 너무 어렸던 키키는 또 좋다고 먹으려고 달려들었고, 던진 사람은 뭐가 문제인지 전혀 모른 채로 웃고만 있었다. 재빠르게 간식을 주워서 모래를 털었다.

"개는 땅에 있는 것을 먹어도 되는 존재가 아니야!"

화를 내 버렸지만, 그것은 모르기 때문에 해 버린 행동이었는 것을 알고 있었다. 그는 몰랐다고 말하며 사과는 키키에게 했다.

그랬던 그가 지금은 키키의 청결 지킴이로 살고 있다. 매일 키키의 식기를 닦고, 하루 세 번 산책을 함께 하고 발을 깨끗하게 닦이고 말리고, 키키를 위해 집 안 먼지를 닦고, 키키의 옷과 카페트와 이불을 정기적으로 세탁한다. 나도 그렇게까지는 못 할 것 같은데, 정말 과하게 열심이라는 생각이 들 정도로 키키를 위해 하루하루를 쓴다. 모르는 단계에서 사랑하는 단계까지 행복하게 걸어온 한 사람을 보면서 나 또한 키키에 대한 사랑이 커지기만 했다. 익숙하게만 보는 나와 달리, 잘 모르기 때문에 걱정부터 하는 동거인 때문에 키키에게 이제 막 생겨난 변화를 알게 되었다.

그는 키키를 사랑하면서부터 모든 개를 사랑할 줄 알게 되었고, 길에서 만나는 모든 개에게 하트를 보내지만 혹시나 놀랄까 봐 조심히 지나가는 사람이 되었다. 알기로 선택한 사람들은 사랑을 배울 줄 아는 사람들이다. 자신이 무엇을 잘 모르는지, 더 알고 싶은 것이 무엇인지 알게 되는 것이 사랑이 아니면 무엇일까. 이해되지 않는 것을 이해하는 순간, 아직 모르던 나를 만난다.

비건은 비건

20대 중반에 두 번째 회사를 다니면서 처음으로 채식하는 사람을 만났다. 상사 한 명과, 입사 동료 두 사람이었다. 점심을 해 먹는 회사였고, 상사 중 한 명이채식을 하고 있었기에 이제 막 입사를 한 사원도 채식을 하고 있다는 것을 비교적 쉽게 터놓을 수 있었다.

채식을 하는 두 명을 식탁에서 지우지 않는 점심 메뉴를 준비하고, 함께 즐거울 수 있는 음식점을 골라 회식을 했다. 지금은 비건 메뉴가 있는 음식점도 많고 채식 전문점도 많지만, 당시만 해도 그런 곳은 많지 않았기에 재량껏 채식 테이블을 만들고 자리를 나누어야했다. 주문할 때 미리 고기나 치즈를 빼거나, 전골 집에 가서 야채만 넣는 냄비를 따로 두는 정도였다.

그렇게 하면서도 왜인지 채식을 하는 사람들에게 자꾸만 눈이 갔다. 고기가 눈앞에 있으면 먹고 싶어지지는 않을까 하는 생각을 그때는 했다. 지금 떠올리면 부끄러워지는 말풍선을 그때 쏘아 올렸다. 채식을 한다는 사람에게 했던 첫마디가 이것이었으니까.

"그럼, 만두도 먹으면 안 돼요?"

나는 지금까지도 만두를 보면 지난 내 말풍선이 생각나서 숨고 싶어진다. 만두 찜기에서 뿜어져 나오는 수증기로 나를 전부 가리고 싶어진다. 그때 내 말을 들었던 회사 동료는 당연하다는 듯이 고기가 든 만두는 먹지 않는다고 대답해 주었다. 이런 질문쯤은 이제 아무렇지 않다는 듯이. 거기다 대고 만두는 정말 힘들겠다고 중얼거리던 나였다.

많이 부족했던 내 태도를 아직 부족한 단계로 여기던 동료의 시선 덕분에 나는 채식을 하는 사람들의 일상을 점차 엿볼 수 있었다. 어쩌면 고등학교 때도 채식을 하는 친구가 있었을지도 모른다는 생각이 뒤늦게 들었고, 숨어 있지 않던 누군가를 나 혼자 지워 버린 것은 아니었나 돌이켜 볼 줄 알게 되었다.

오래되지 않아 나 또한 자연스럽게 채식 위주로 식

습관이 바뀌게 되면서부터 내가 흘리고 다닌 못생긴 말풍선을 곱씹었다. 그런 과정을 알기 때문에 나 역시 비슷한 질문을 받을 때면 회사 동료처럼 당연하듯이 차분히 대답할 수 있었다. 채식을 한다는 것은 고기를 꾹 참는 일이 아니라는 것을 알게 되자 보이는 것이 많아졌다.

지금은 비건 지향, 정확히는 불완전한 채식을 실천하는 정도이지만 처음에는 고기로 만든 음식은 아예 입에 대기 힘들었다. 고기를 보면 먹고 싶지만 꾹 참는 게 아니라는 것을 알게 되었다. 그래서 밖에서 계란을 마주할 때면 '아차' 싶다. 계란을 구입할 때는 사육 환경 번호를 확인한 후에 1번이나 2번에 해당하는 동물 복지 계란을 구입하는데, 밖에서 만나는 것은 조금도 움직일 수 없는 좁은 케이지 속에서 평생 살아가는 닭의 계란일 수밖에 없다. 파는 음식에 비싼 동물 복지 계란을 사용할 수는 없으니까. 내 의지로 계란을 먹을 때는 이 계란에게 도움을 받는다고 생각하며 내가 할 수 있는 행동을 더한다.

기준을 정해 둔다는 것은 필요하다. 집에서는 동물 복지 계란을, 밖에서는 그냥 먹는다. 고기는 거의 먹지 않지만 가끔 먹어야 한다면 밖에서 사 먹는다. 하지만 고기를 먹는다고 SNS에 자랑하듯이 사진을 올리지는 않는다. 엄마가 고기 반찬을 보내 주면 군말 없이 그냥 먹는다. 우유는 되도록 마시지 않는다. 내 생활에서 가능한 기준을 정해 두고 어떤 쪽으로 뜻을 두고 나아가면 좋을지 일상에 화살표를 그려 넣는 일.

'꼭 하지 않으면 절대 안 돼!' 하는 푯말을 세워 둔 것은 아니다. 가장 중요한 것은 하고 있다는 과정이다. 맞다고 생각하는 방향이 있다면 그쪽으로 향하거나 쳐다보기만 하면 된다고. 완벽하지는 않지만 번번이 이로운 과정이 이 세상에 얼마나 많은지, 이 세상은 그런 미비한 과정을 얼마나 필요로 하는지. 평생 연습만 하며 살더라도 충분하다.

우유를 먹으면 쉽게 배탈이 나던 나는 자연스럽게 우유와 멀어졌지만, 가끔 아이스 라테가 먹고 싶은 날은 반드시 찾아왔다. 두유나 귀리 우유가 마련된 카페가 점점 늘어나면서 내 마음과 입에 맞는 아이스 라테를 마시게 되었다. 맛으로만 따져 보아도 젖소의 우유를 넣은 커피보다는 콩물을 넣은 커피가 훨씬 어울리고 입에 맞았다. 커피콩의 생김새를 떠올려 보아도 두유나 아몬드나 귀리와 더 어울렸다. 이제는 우유가 든 커피를 마실 이유는 더 이상 없어진 것이다. 딱 한 잔의 라테에는 억지로 임신을 시킨 젖소의 우유가 들어 있는데, 그것을 꼭 마셔야겠냐고 내게 물어볼 필요도 없이 말이다.

우유가 든 라테를 마시지 않는 것을 알게 된 지인 한 명이 어느 날 내게 왜 우유를 안 마시냐고 물었다. 왜 그 맛있는 라테를 안 마시냐고. 우선은 배탈 이야기를 꺼내 보았다.

"나도 배탈 날 때 있는데. 꾹 참고 먹는 건데."

원래도 입을 여는 족족 에너지가 닳는 나는 이런 대화를 마주할 때면 당장 집에 가서 눕고만 싶어진다. 여기서 젖소 이야기를 꺼내는 순간 분위기는 산산조각 날지도 모른다. 어쩌면 소의 젖이 왜 문제가 되냐고 다시 물어볼지도 모른다. 회사 동료에게 만두 이야기를 꺼냈을 때, 동료는 내게 소나 돼지의 도축 과정에 대해 이야기하지는 않았다. 하지만 어쩌면 동료는 만두는 먹지 않느냐는 말에 도축 장면을 떠올렸을지도 모를 일이다.

우유의 영역에서 지인과 나는 달랐지만, 따질 것이면 일상의 모든 영역을 펼쳐 보아야 할 일이었다. 질문 하나로 나와 상대를 다르게 보는 것이 과연 맞을까. 우유 하나만을 가지고 상대를 평가하기에 이미 이 세상은 너무나 지옥이니까. 아직 내가 모르는 어떤 세상을 지인은 이미 부지런히 마주하고 있을지도 모를 일이니까. 오늘의 나는 그저 "저는 두유로 마시는 게 더 맛있어요" 하고 말아 버릴 뿐이다.

무언가를 지키기로 결정한 사람이 있을 때, 그것을 잘 지키고 있는지, 그 안에서 스스로를 잘 죄고 있는지 째려보기 바쁜 사람들이 있다. 누군가가 뭘 좀 지키겠다고 하면 눈에 불을 켜고 보는 사람. 그래서 좋은 방향으로 나아가기로 작정하고 외치기 힘든 세상이다. 이 글을 쓰면서도 나는 평양냉면을 먹는 나를 보며 혀를 찰 누군가를 미리 상상하면서 나를 작게 만든다. 어쩌다 한번 먹으면 다 끝나 버렸다고 비웃는 누군가를 상상할 필요는 전혀 없지만, 그런 것에만 관심을 두는 사람은 분명 존재하므로.

어제는 어쩌다 고기를 먹어 버렸지만 오늘은 다시 안 먹기로 했다면 자신의 신념을 어긴 것이 아니라 다시 행할 줄 아는 사람일 뿐이다. 그저 무리하지 않는 내 성정에 따라 채식 위주로만 식사를 하겠다고 다짐한 적도 또 선언한 적도 없는데, 나의 SNS상에서는 그래 보였는지 이런 질문을 받은 적이 있었다.

"비건에 대해 어떻게 생각하시나요?"

단지 뜻이 궁금했다면 검색창에 비건 두 글자를 적으면 그만이다. 굳이 나의 SNS 계정에 찾아와 물어볼 일은 아니었다. 섣부른 지적은 티가 난다. 이것은 마치 채식하는 사람에게 채소는 생명 아니냐고 묻는 파와 결만 다를 뿐이었다. 비건에 대해 어떻게 생각하냐고요? '비건 짱이죠!' 하고 생각하고 말아 버리면 그만이지만, 성격이 그다지 곱지 않은 나는 또 거기다 대고 대답을 해 버렸다.

　　"비건은 비건이라고 생각합니다."

　　더 모를 사람인지, 아직은 모르지만 알게 된다면 방향을 정할 사람인지 보이기 마련이다. 비건 이즈 비건. 내가 할 수 있는 최선의 대답이었다.

모두를 위한 한 줄

동네에 새로 생긴 카페.

여기 카페가 됐구나.

어느 날 입간판 하나가 생겨 있었다.

Coffee
CAKE

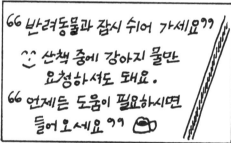

66 반려동물과 잠시 쉬어 가세요 99

☺ 산책 중에 강아지 물만
요청하셔도 돼요.

66 언제든 도움이 필요하시면
들어오세요 99

물 그리고 도움.

두 단어를
한참 바라봤다.

이상하게 안심이 되는 건
왜일까.

이 동네에서 갑자기
타인의 도움이 필요한 일이 생기면
이 카페를 떠올리게 될 것 같다.

그게 어떤 상황일지는
지금은 모르겠지만.

입간판. 어쩌면 도움이 필요한 이에게만 보이는 손짓.

또 와

잘 먹고 가네

비반려인을 위한
에티켓

카페가 많은 동네이다 보니 반려견과 함께 입장 가능한 카페도 꽤 많은 편이다. 하지만 나는 키키와 함께 카페에 자주 가는 편은 아니다. 하루 세 번 산책 중에 중간 산책을 하며 텀블러를 들고 나가 카페에서 커피를 담아 나오는 정도. 그동안에 키키는 카페 안에서 계산하고 있는 나를 기다리며 주변을 신나게 둘러본다. 어딘가에 들어가면 맛난 간식을 준다는 사실을 알고 있는 키키는 카페만 들어가면 맛난 것을 먹을 생각뿐이다. 카페에서 기다리기 훈련은 커피 한 잔이 만들어지는 짧은 시간만으로 충분하다.

동네 서점에 '웰컴 키즈 웰컴 도그' 포스터가 붙어 있어서 키키와 함께 들어갔다. 웰컴이라는 말에 "개 안고 들어가도 되나요?" 하고 묻지 않고 키키와 같은 걸음으로 입장했더니 점주 분이 반갑게 반겨 주셨다. 포스터 그림은 좋아하는 작가님이 그린 것으로, 누구나 인쇄해서 쓸 수 있도록 공유해 두어서 동네 여기저기에서 만나면 그렇게 반가울 수가 없다. 책 두 권을 골라서 계산을 하고 나오자 키키와 내게는 한 뼘의 시간이 자라 있었다. 산책 중에 같이 갈 수 있는 가게가 있다는 것은 키키의 생활 폭을 천천히 늘리는 데 큰 도움이 된다.

키키는 서점보다는 카페에서 불안해하는 편이다. 서점에서는 책을 구경하며 키키와 함께 걸을 수 있지만, 카페에서 커피 한 잔을 즐기는 시간이 키키에게는 무슨 이유에서인지 그저 움직이지 말고 기다려야 하는 시간일 뿐이다.

카페나 식당에서의 경험이 많지 않아서이기도 하지만, 예기치 못한 갑작스러운 상황에 키키는 매번 놀란다. 갑자기 박수를 치며 웃는 옆 테이블 사람, 휴지를 가지러 빠르게 걷는 사람, 다가오면서 만지려고 하는 사람, 다음 손님으로 들어온 다른 개, 예뻐해 주다가 나가는 사람. 모두 키키에게는 신기하고 이상한 상황으로 다가오는지 화를 내듯이 소리를 낸다. 어떤 경우는 반가움의 표시이기도 하고 어떤 경우는 놀라서이지만 사람이 보기에는 개가 참 사납다고 할 수밖에 없다.

약 5년이라는 세월을 엄마(키키 엄마가 아닌 나의 엄마) 품에서 마음껏 지낸 키키는 자기를 표현하는 데 조금의 지체도 없다. 곧장 반응하고 표현할 줄 알아서 다행이지만, 어디서나 갑자기 소리를 크게 내서 난처하기도 하다. 같이 카페나 식당에 가지 않는 것은 무엇보다 키키의 안정을 위해서이지만 나의 안정을 위해서이기도 했다. 그런 곳에 가지 않아도 우리끼리 충분히 즐거울 수 있다고 생각하며, 되도록이면 조용한 곳에서 우리끼리 시간을 보냈다. 나와 키키와 동거인, 이렇게 셋이서 숲이나 공원에 앉아 있는 시간을 가장 좋아한다. 셋 다 같은 풍경을 바라보며 같은 행동을 하고 있다는 것이 마음에 든다.

하지만 세상에서 갑자기 만나는 것들은 다 별거 아니라는 경험은 필요하다. 단지 커피 한 잔을 기다리고 책 한 권을 살 뿐이지만 계속하다 보면 키키에게도 별거 아닌 것들의 목록이 점점 늘어나지 않을까. 이것은 나의 노력만으로 되는 문제가 아니라는 것을 알게 되었다.

동네의 한 카페에 입간판이 생겼기에 눈이 갔다. 뭐가 많이 적혀 있기에 읽어 보니 반려견 동반 입장 가능하다는 정보와 함께 이런 대목이 있었다.

"강아지에게 인사를 건네지 마세요."

반려견이 있는 반려인의 입장에서 마음이 환해지는 문구였다. 강아지에게 무엇을 하라고 요구하는 것이 아닌, 반려인에게 무엇을 챙기라고 요구하는 것이 아닌, 비반려인을 위한 에티켓 한 줄. 함께 사는 세상에서 얼마만큼의 간격을 두고 어떤 마음을 둘 것인지 생각해 보게 만드는 한 줄이었다. 아쉽게도 카페는 금방 사라져 버렸지만, 카페 사장님이 동네의 거리에 심었던 한 줄은 내 마음에 오래 남았다.

반려견이 환영받는 곳은 곧 큰 자극을 받지 않고 쉴 수 있는 곳. 인간을 따라 카페에 갔다고 해서 모르는 이에게 사랑을 받아야 하는 것은 아니므로. 물론 '너는 나 왜 안 만져?' 하며 엉덩이를 쓱 갖다 대는 개들도 있다. 그런 개를 만나면 나는 영원히 긁어 줄 것처럼 내 손을 계속 움직인다.

키키와 동네를 다닐 때면 아는 척 하나 안 하지만

눈빛만 봐도 키키에게 사랑을 전하는 사람은 금방 티가 난다. 나 역시 지나가는 모든 개들에게 인사를 하고 싶지만, 꾹 참고 눈을 질끈 감고 속으로만 귀여워한다. 인사를 건네지 마시오. 문구를 자꾸 생각한다. 그리고 생각한다. 너는 네가 귀여운 거 모르겠지. 평생 몰라라. 내가 잘 알게.

3부

괄호 속의 마음

우리의 괄호♦

봄의 한가운데를 지나던 아침이었다. 2014년의 봄에는 제품 디자이너로서 매일 출퇴근을 하며 살고 있었다. 다시 도착한 봄이지만 매 순간 변하는 계절을 뒤로한 채 파티션 속에 고개를 숙이고 잠잠해야 하던 평범한 아침. 당장 큰소리가 오고 가더라도 아무렇지 않을 고요함 속에서 각자의 키보드와 마우스 소리만이 공간을 겨우 채우고 있었다.

덜 뜬 눈으로 컴퓨터를 바라보고 있는데 화면 오른

♦ 이 글은 4·16재단에서 발행한 『월간 십육일』(2021년 5월)에 수록한 것이다.

쪽 하단에 메신저 알림창이 무심하게 떴다. 알림창은 속보뿐만 아니라 연예 소식이나 정치 기사도 곧잘 띄웠다. 힘없이 눈동자만 움직여 그 글씨를 읽었다. 습관적으로 오늘자 업무로 시선을 옮겼다가 서둘러 다시 눈을 돌렸지만 알림창은 이미 모니터 밑으로 사라져 있었다. 다시 기사를 찾기도 전에 사무실 사람들이 소리를 내며 뉴스를 읽기 시작했다. 여섯 명의 팀원과 저 멀리 따로 앉은 본부장님의 얼굴들이 하나둘 번갈아 가며 파티션 위로 들썩였고, 가장 먼저 자리에서 일어난 사람은 두 아이의 엄마이기도 한 팀장님이었다. 당장 해야 할 업무를 잠시 둔 채, 우리는 다음 속보를 기다렸다. 팀장님이 다시 벌떡 일어났다.

"모두 구조했대. 다행이다."

방금 뜬 속보 알림창을 나도 보았다. 곧장 클릭했더니 "안산 단원고 측 학생들 모두 구조"라는 글씨가 사진에 크게 박혀 있었다. 몰랐다. 사진 속의 진짜 상황은 속보 타이틀에서 빠르게 멀어지고 있다는 것을 나중에야 알았다. 배 밖의 모든 사람들만 속을 수 있는 속보였다.

우리 팀은 규모가 작았다. 많을 때는 일곱 명 정도인 작은 세상 안에서 우리는 바깥세상에서 일어나는 갖가지 일을 함께 바라보며 각자 해야 할 일을 하며 지냈다. 4월 16일부터 우리는 "미치겠다"라는 말을 달고 살았다. 다음 날, 다음 다음 날에도 계속. 진짜 미치겠으면서도 우리는 일을 해야 했다. "미치겠다"라는 말은 우리 입에서 조금씩 나오지 않게 되었지만, 미치겠는 마음은 사라지지 않았다. 나의 뒤통수 어딘가에, 심장 아래쪽에 박혀 버린 채로, 그저 눈앞의 일을 해내며 오늘을 살아 냈다. 작은 사무실로 조금씩 여름이 다가오고 있었다.

여름이면 열리는 야외 페스티벌의 MD 상품을 이번에도 우리 팀이 담당하게 되면서 당장 페스티벌의 기분을 가져야만 했다. 삶의 전부가 아직 봄에 머물러 있는 사람들이 있었지만, 그보다 많은 사람들은 더욱이 여름으로 향하는 중이었다. 이해가 되지 않는 세상 속에서 누구보다도 먼저 여름에 가 있어야 하는 일이 바로 우리의 직업이었다.

페스티벌의 메인 포스터를 디자이너들과 처음 공유받은 날. 우리는 각자의 어딘가에 박혀 있던 그 말을 다시 꺼냈다. 우리는 모두 이번 봄을 떠올렸다. 그럴 수밖에 없었다.

"미치겠다."

포스터에는 수면 아래 사람들이 이미지화되어 있었다. 어찌 보면 평범하고 무난한 표현이었다. 음악의 세계에 풍덩 빠진 사람들. 환상적인 축제. 그런데 하필 검은 바다였고, 굳이 바다 속이었다. 음악에 그만큼 빠질 수 있다는 가상의 이미지는 마치 있던 사건을 없는 일인 양 취급하는 것만 같았다. 깊게 생각하지 않아도 모두의 얼굴이 굳었다.

"팀장님, 이건 아닌 것 같아요."

"내가 이상한 거 아니지."

작은 팀의 강한 의견은 전달되었고, 포스터는 얼마 뒤 바다가 아닌 우주 느낌으로 수정되었다. 콘셉트를 바꾸자 그제야 우리는 컴퓨터 앞에 앉아 거짓으로라도 여름인 척을 할 수 있었다.

나조차도 한동안 텔레비전 속 바다 영상을 보지 못했다. 예능에서 수영장을 배경으로 누군가를 장난삼아 빠트릴 때도, 해양 생물을 담기 위해 수중 카메라가 다이빙을 할 때도 나는 채널을 돌렸다. 물결과 함께 가슴이 미어터졌다. 누군가를 떠올렸다. 방금 이 장면을 안 보셨으면. 나만 본 거였으면.

가슴부터 놀라며 시작되는 슬픔이 있다. 그다음 이마가 구겨지며 미치겠는 눈물이 차오른다. 어떻게 할 수조차 없는 나의 무력함이 나를 한층 더 울게 만든다. 하지만 나는 그다음에 반드시 고개를 든다. 한없이 무력하다 느끼기에 할 수 있는 것이 있다. 있던 일을 없는 일로 취급하지 않는 것, 여전히 계속되는 사건임을 생각하는 것. 그렇게 나는 '미리'라는 앞 시간을 감각하며 내게서 비롯되는 모든 말과 행동 앞에 애도에서 시작된 시선 하나를 두게 되었다. 누군가가 보고 있다, 볼 수도 있다, 그의 하루가 순식간에 망쳐질 수 있다는 마음 한 줄이 생겨났다.

지인과 중국집에서 밥을 먹다가 음식 사진을 몇 장 찍었다. 지인은 사진은 한 장도 안 찍고 조용히 밥만 먹었다. 원래 찍는데 안 찍느라 멋쩍다는 듯이 맛에 대해서 늘어놓기 시작했다. 내가 아는 그는 맛있는 것을 먹으면 언제나 SNS에 신나게 사진을 올리는 사람이었다.

"요즘은 사진 안 찍으세요? 음식 사진 자주 올리셨잖아요."

"그게요. 당분간은 음식 사진은 안 올리려고요."

이유는 뚜렷했다. 최근에 임신을 한 친한 친구 때문이라고 했다. 입덧이 무척 심해서 음식을 잘 못 먹게 되었는데, SNS에 올라오는 음식 사진만 봐도 너무 괴롭다고 했다고.

"사진 올리면 걔가 보고 또 괴로울 것 같아서요. 그래서 이제 아예 안 찍고 있어요. 찍어 둔 게 있으면 또 괜히 올리고 싶잖아요."

나는 오랫동안 촘촘히 끄덕거렸다. 처음에 나온 공심채 볶음 사진만 찍고 다른 사진은 찍지 않았다. 나는 그의 말을 듣고 다시금 생각했다. 미리 챙기는 마음. 닿지 않더라도 조심하는 마음. 몰라 주더라도 혼자 생각하는 마음.

( )를 보면 단번에 몸이 굳어 버릴 사람이 있다는 것을 우리는 알고 있어야 한다. 각자의 자리에서 작은 알림창으로, 핸드폰 속 뉴스로, 밥을 먹으며 본 텔레비전에서 갑작스럽게 만나게 되는 저마다의 괄호. 그 괄호에 일상이 뒤흔들리지 않는 이가 해야 하는 일이 무엇일까. 계속해서 노란 리본을 달고 다니듯이 누군가의 하루를 미리 생각하는 것 또한 애도의 방법이 아닐까.

내게도 괄호가 존재한다. 아무리 시간이 지나더라도 나를 멈추게 만드는 괄호. 이제는 그 괄호 앞에 서 있을 수는 있지만, 깊게 남은 슬픔의 자국은 영원히 지워지지 않는다는 것을 나는 알고 있다. 이미 일어나 버린 일을 내 방 서랍 어딘가에 두고 매일 집을 나서는 기분이다. 나의 가족들은 텔레비전에 나오는 우리의 괄호 앞에서 아무도 움직이지 않고, 또 대화 중에 괄호를 꺼내지 않는다. 하지만 모르는 타인은 얼마든지 괄호를 가져올 수밖에 없다. 말을 꺼낸 이는 잘못하지 않았기에 땀 또한 목 뒤에 숨어서 흐른다.

정말 이상하다. 여전히 드라마나 영화 등에서 삶을 비관하는 장면을 표현할 때 한강을 배경으로 삼는다는 것이. 그만큼 한강에서 삶을 정리하는 사람들이 이렇게나 많은 세상임을 뜻하는데, 그렇게 이미 쉬운 연출이 된 만큼 서울이라는 땅에는 한강 투신 자살자의 유가족으로 살고 있는 이들이 많다는 사실은 왜 지워지는 것일까. 그런데도 아무도 그들을 신경 쓰지 않고 손쉬운 표현 방식 중 하나로 쓰고 있다는 것이 정말 이상하다.

한강 다리에는 닿을 리 없는 응원의 메시지가 아무렇지 않게 적혀 있는 것도 이상해서 미칠 것 같다. 그것을 읽지 못하는 사람도 한강으로 향할 수 있다는 것은 아무도 모른다. 낡은 표현이네요. 조금 더 창의적인 생각을 해 보시라고요. 한강 가까이에 사는 어떤 사람은 한강이 보이는 장면에서 그렇게 중얼거리고는 자신의 무릎을 잡고 바닥에서 일어난다.

그렇다면 나는 모두의 슬픔을 피할 줄 아는 마법을 가진 사람일까. 나 또한 나도 모르게 누군가를 슬프게 만들어 놓고 그런 줄도 모른 채 웃어 보였을지도 모른다. 모두의 괄호를 알지는 못하겠지만, 그럴지도 모른다는 사실 또한 가끔 떠올리며 살고 싶다. 사람을 잃은 사람의 일상에는 너무나 세세하고 복잡한 슬픔이 꾸준히 더해지고 섞인다. 마주해야 하는 슬픔이 있고, 가려져야 덜어지는 슬픔이 있다. 여전히 잊지 않고 기억한다는 마음은 더욱이 보여야 하고, 이제는 그만할 때 됐잖아 하는 식의 태도는 드러나지 않아야 마땅하다.

오늘도 노란 리본이 눈앞에서 흔들린다. 뛰어가는 학생 뒤에서, 조용히 책을 읽는 청년 옆에서, 커피 값을 계산하는 누군가의 지갑에서. 미치겠는 마음이 소지품이 되어 계속해서 흔들린다. 나는 몇 해 전에 친구가 준 노란 리본을 잃어버렸다. 노란 뜨개실로 만든, 아주 작은 리본이었다. 나 또한 어디론가 뛰어가다가 가방에서 그만 떨어트린 것 같다. 늘 함께 다니던 리본을 잃었지만 상심하지 않았다. 나라면, 내가 길을 가다가 노란 리본을 마주한다면 곧장 주워서 나의 어딘가에 다시금 걸어 둘 테니까. 우리에게 노란 리본이란 그렇다는 것을 아닐까.

보이는 애도와 숨기는 애도. 어디까지나 이어져야 하는 우리의 단단한 캠페인. 나는 되도록 많은 우리의 괄호를 챙기고 싶다. 그렇게 우리의 애도는 이어지고 이어진다. 나의 날을 살면서도 또 다시 슬픔을 마주해야 하는 삶은 계속되겠지만, 비어지는 괄호와 채워지는 괄호로, 남아 있는 사람의 하루는 내일로 이어진다.

너무 늦었다니요,
벌써 늦었어요

이미 본 드라마를 다시 보면 전과 다른 감상에 재미를 느낀다. 현재 내 나이에 따라 픽션 속 주인공을 얼마나 다르게 볼 수 있는지를 발견하는 재미가 있다. 공감하던 마음에서 멀어진 지 한참이 지나 있다거나, 차마 이해할 수 없던 서브 캐릭터에게 시선이 가거나, 그냥 넘어간 대사가 새롭게 다가오거나. 그렇게 아는 스토리로 현재의 나를 새롭게 만난다.

좋아하는 일본 드라마 〈도보 7분〉에는 30대 여성이 주인공으로 나온다. 주인공은 스스로 애매하다고 생각하는 나이가 되었을 때 처음으로 혼자 살기 시작한다. 실은 부모님에게 받은 돈으로 겨우 나온 데다가, 처음 맞이한 혼자만의 밤이 허전해서 기어코 동생에게 자고 가라고 애원하는, 온종일 누워서 헤어진 연인을 그리며 이웃이 내는 소리만을 들으며 지낼 뿐이다. 누워 있기만 하는 장소를 만나 자신의 현재 지붕을 끝내 인정하고 다음으로 나아가는 이야기다.

나이를 기준 삼으면 갸우뚱 기울어지는 모양으로 나를 바라보게 된다. 그 시선으로 타인을 바라보기도 한다. 어쩌면 30대라는 기준은 애매한 나이여서 그럴지도 모르겠다. 하루 중 3시의 그 애매함으로 접근해 본다면 어떨까. 3시에 제일 바쁜 사람이 있기도 하겠지만, 누운 자세로 3시를 지나는 사람이 있고, 3시라는 한복판에서 조급해하는 사람도 있고, 무엇을 시작하면 좋을지 고민만 하는 사람도 있다. 그렇게 생각하니 드라마 속 주인공의 이야기는 30대 여성의 이야기가 아닌 그냥 그 사람에게 다가온 하루로 그려질 뿐이었다.

어느 날 내 SNS를 오랜만에 다시 보다가 드라마 속 좋아하는 장면을 골라 올려 둔 영상을 우연히 보았다. 2018년 1월. 어떤 마음으로 봤는지 기억이 또렷했다. 이미 알고 있는 한 장면에 마음이 쏟아진 날이었다. 드라마가 끝나 갈 무렵, 주인공은 늦은 나이에 경험해 보지도 않았던 새로운 분야에 손을 대기 시작한다. 갑자기 만화가가 되기로 작정한 것이다. 막무가내 기세로 만화를 그리면서 온종일 이 일과로 하루를 채우기 시작한다. 그러자 이제 막 파트너가 된 사람이 조심히 묻는다. 걱정쟁이의 한마디일 뿐이었다.

"지금부터 만화를 그리기 시작해서 싹이 트지 않는다면 어떻게 할 건가요?"

주인공은 아무렇지 않게 그림을 마저 그리며 대답한다.

"그때 생각할게요."

"그때 가서도 너무 늦었다는 걸 알아챈다면요?"

"너무 늦었다니요. 벌써 늦었어요. 저는."

2018년의 나는 주인공의 모습에 큰 용기를 얻었다. 당시의 내게는 용기로 다가왔다. 이미 늦었지만 아무렇지 않게 일단 시작하는 모습에 나도 모르게 닫혀 있던 어딘가가 슬며시 열렸다. 이제는 만화라는 형식으로도 작업을 선보이고 있지만, 당시만 해도 만화는 절대 그리지 않겠다고 소심하게 선언했다. 만화를 그리지 못하겠다고 내가 나에게 말한 것이나 다름이 없었다. 기왕 할 것 잘하지 못할 것이면 시작도 하지 말라고 말이다. 주인공의 대사로 마음이 풀어져 그 자리에 용기가 슬그머니 생겨났다.

지금의 나는 같은 대사와 같은 주인공 앞에서 조금 다른 표정을 짓고 있다. 어느 시점부터는 늙고 있다는 감각이 빈틈없이 닥쳐온다. 30대에 이루고 싶은 일 대부분이 아직도 희망 사항에 머물러 있다는 점이 나의 지금 표정을 만들고 있다. 하고 싶은 것들은 어느새 '이제는 할 수 없지만, 과거 내가 하고 싶던 것'의 목록이 된 것 같아 마음이 낮아졌다.

그런 마음으로 왠지 적적하게 맞은 어느 주말, 오전 산책을 다녀온 후 집 안 구석에 몸을 기대 한참을 앉아 있었다. 모처럼 맞이한 휴일을 어떻게 보낼까 고민하기도 싫어 핸드폰 게임을 하다가 침대로 가서 누웠다. 지금 이 모습은 〈도보 7분〉 주인공의 하루와 꽤 닮아 있다는 생각이 들었다. 하지만 나이대는 이제 전혀 달라졌어. 나는 왜 이 나이가 된 거지. 한 번은 꼭 해더는 안 쓰게 되는 못난 생각이 줄기차게 흘러나왔다.

그때 일본에 사는 친구에게서 연락이 왔다. 도쿄 이케부쿠로에서 서점을 운영하고 있는 친구는 성인이 된 자녀가 있는 여성으로, 나와는 나이 차이가 꽤 많이 난다. 자신의 삶을 만들기 위해, 자신만의 공간을 갖기 위해, 또 자신과 비슷한 사람들을 위해 서점이라는 공간을 운영 중이다. 그가 기획 편집한 만화책에 단편 만화로 참여하면서 종이같이 부드럽고 강한 연대가 생겨난 책 마을의 친구. 나이대와 사는 도시만 다를 뿐 얼마든지 이어질 수 있는 마음을 서로 지니고 있다.

"저, 한국 어학 유학을 준비하고 있어요. 비자를 받으면 갑니다. 우리 만나요!"

누운 몸을 일으켰다. 벌떡 일어나서 메시지를 읽고 또 읽었다.

늦었다는 생각은 우리를 늙게 한다. 그리고 그 생각과 자세를 하고 있음에도 불구하고 시작하고 싶은 무언가는 언제나 찾아온다. 시작하고 싶은 것이 있는 사람이라면 나이에 상관없는 고유한 첫머리를 만들어 낸다. 기어코 움직이게 하는, 저마다의 첫날이 있다.

그보다 훨씬 어린 나는 공부를 위해 바다를 건너는 일을 일찍이 포기해 버렸다. 내 생각을 나라고 쉽게 단절해 버릴 수는 없다는 것을 너무 늦게, 아니 조금 일찍 알아 버린 것 같다. 이제는 늦었다고 회피하면서 나도 모르게 못을 박아 버린 것인지도 모른다. 한국어 공부를 제대로 작정한 친구를 보면 지금 나이에 하는 것도 늦은 시작이 아닌, 비로소 핀 시작이라는 생각이 든다. 언제 피울지 모르는 시작들을 나 또한 만날 수 있지 않을까.

"너무 늦었어요"라고 말한 것은 그 누구도 아니고 나였다. 이제 그 말에 "너무 늦었다니요. 벌써 늦었다고요" 하고 덤덤하게 대답하며 시작하고 싶은 일에 고개를 숙일 차례다. 나의 아무런 시작에 대해 늦었다고 구분 짓는 습관은 내게 너무 해롭다. 타인의 모든 시작 또한 나의 기준으로 바라보게 만든다.

서울에 오게 되면 집에 놀러 오라는 나의 말에 "좋아요. 만나면 한국어로 이야기 나누고 싶어요. 조금씩 조금씩" 하는 그의 대답을 듣자니 나도 모르게 마음속에 바삐 돌아다니는 기운이 느껴졌다. 그리고 몇 달 뒤, 그는 정말로 공부를 하러 서울에 왔다. 내가 사는 지역에서 머물며 공부만을 위한 나날을 살다가 다시금 자신의 자리로 돌아갔다.

하루 시간을 내어 집에 놀러 온 그와 한국어로 아주 느리고 긴 대화를 나누었다. 나는 최대한 정확하게 말하려고 했지만 어떤 문장은 아무래도 전해지지 않았다. 나는 안다. 전해지지 않는다는 것 또한 발견이고 공부라는 것을. 우리는 공백 또한 언어로 느끼는, 그리고 그 공백을 달게 느끼는, 끝없이 배우는 사람이다.

친구가 선물로 준 잇포도의 호우지차를 다음 날 아침에 바로 뜯어 마셨다. 내가 아는 나는 원래 이렇지 않다. 괜히 아껴 먹느라 몇 해가 지나도록 뜯지도 않고 패키지 그대로 보며 지내는데, 그런 나로만 지내기에 이 인생이 너무 짧게만 느껴졌다. 씩씩하게 호우지차를 시작했다.

바로 먹자. 다음을 만나자. 아침에 마신 호우지차의 찻말이었다.

숲에 가는 아이들처럼

노래를 듣다가 한 부분에서 귀가 열렸다.

"서로 돕자. 숲에 가는 아이들처럼."

나의 언어가 아닌 다른 언어의 노래를 들을 때면 곡의 내용보다는 분위기를 먼저 듣기 바쁘다. 나만 아는 분위기로 같은 노래를 듣고 또 듣다 보면 이제 곡의 의미를 들을 차례라는 듯이 가사 한 줄이 고개를 내민다. 이런 가사가 있었나 하고 뒤늦게 가사를 찾아보면 알던 곡 하나가 새로워진다. 2019년에 발매된 노래를 이제야 제대로 알려고 하는 것 같아 좀 머쓱해지기도 했다.

서로 돕자. 숲에 가는 아이들처럼. 이 가사가 왜 내게 다가왔는지 알 것 같았다. 적확한 문장이 쏙 빠진 채 비슷한 기분이 꾸준히 감돌았다. 그러고 싶다는 생각이 종종 들었다. 내가 선택한 가족과 같은 집에서 살게 된 날부터 지금까지 말이다.

　살림에서 '도와주다'라는 표현은 어울리지 않는다고 생각해 왔다. 모두의 일인데 왜 너는 도와주기만 해? 해 주는 게 아니라 하는 거야. 이런 말은 하고 싶지도 않고 듣고 싶지도 않았다. 해 준다거나 도와주는 것은 찔끔찔끔 발만 담그는 것 같으니까.

　혼자 살 때는 나와 키키와 우리 집을 위해 움직이면 그만이었지만, 같이 사는 사람이 한 명 더 더해지자 이야기가 좀 달라졌다. 동거인이 생긴다는 것은 내가 아닌 다른 사람과 같이 사는 일이면서 동시에 상대만의 습관이나 당연히 여기는 것과도 같이 사는 일이었다. 그것은 상대에게도 마찬가지였다. 다름은 문제로 다가왔고, 갈등으로 번지기 십상이었다.

　나는 일평생 목욕을 한 후에 타일의 물기를 스퀴지로 제거해 본 적이 없었다. 그런 집에서 나고 자랐고, 혼자 살면서도 물기를 제거할 필요를 느끼지 못했다. 그저 혼자 산 이후에는 목욕을 하며 화장실 청소를 하면서 매일 청결한 화장실을 만날 수 있다는 것이 기쁘기만 했다. 하지만 나의 동거인은 물기 제거에 관한 한 굳건했고, 축축한 상태의 화장실을 끔찍하게 여겼다.

동거인은 밤이 되면 내게 먼저 씻을 거냐고 물었다. 나보다 늦게 씻으려고 하는 것이 물기 제거를 위해서임을 나중에야 알았다. 씻고 싶을 때 씻고 싶은데 왜 자꾸 묻느냐고 짜증을 내기도 했다. 같이 살게 되자마자 종이를 펼쳐서 각자의 삶의 방식을 하나하나 일러주지는 않았다. 어떤 것은 장면으로 알았고, 또 어떤 것은 참고 참다가 뱉은 한숨으로 알기도 했다. 그렇게 한숨이 쌓이고 쌓이면 말이 아닌 화가 나온다. 상대방은 엉뚱한 곳에서 놀래키는 공포 영화를 본 듯이 어이없어할 뿐이다. 그래서 나는 웬만해서는 바로 이야기를 하는 편이고, 기왕이면 나도 빨리 좀 알았으면 좋겠다고 생각했다.

한 명은 원하고 한 명은 아무래도 상관이 없다면 결과가 좋아지는 쪽으로 행동하는 것이 맞았다. 둘의 의견 중 어느 쪽이 좋은 쪽인가 묻는다면 답은 쉽게 정해진다. 그렇게 샤워를 마치면 스퀴지로 물기를 제거하는 삶을 이제는 살고 있다. 물론 거의 높은 확률로 동거인보다 먼저 씻으러 들어가기는 한다. 곧장 다음에 샤워를 할 사람이 있는 경우 물기를 제거하지 않아도 된다는 암묵적인 룰이 있기 때문에. 하지만 내가 마지막에 씻는다면야 최대한은 동거인이 닦은 것처럼 열심히 제거한다. 아무리 열심히 해도 똑같이 따라 할 수는 없지만, 내가 낼 수 있는 힘을 짜낸다. 전에 없던 좋은 습관이 이제라도 생겼다고 생각한다면 못할 것도 아니었다.

두 명이 지내는 작은 집이지만 둘은 당연히 다른 하루를 산다. 서로 다른 하루는 그 사람에게는 여전한 하루가 되어야 하기도 한다. 누군가와 살기 때문에 물기를 참아야 하는 것보다는 누군가와 사는 덕에 물기를 제거할 줄 알게 되는 것이 마땅하다. 알몸으로 쭈그려 앉아 물기를 제거하고 있다 보면 금방 건조될 화장실 상태와 타일보다는 오늘도 당연한 장면을 마주할 식구 얼굴이 떠오른다. 그 힘으로 쭈그릴 수가 있다.

동거인이 출장을 가서 집을 비운 며칠 동안 물기 제거를 하지 말까 하는 생각이 든 것도 사실이다. 꾀부리기 좋아하는 내게 이런 것은 찬스로 다가오기 때문이다. 아무도 안 봐, 지금 여기에는 너만 있어, 하루쯤이야, 이틀쯤이야 하다가도 물기를 슥슥 제거하게 된다. 이것은 일종의 훈련이다. 이 집에서 살아가는, 그런 어른이 되어 가는 훈련.

동거인은 매일 밤 드라이기로 머리를 말리지만 나는 말리지 않는다. 같은 집에 사는 사람 중 머리가 짧은 사람은 머리를 야무지게 말리고 머리가 긴 사람은 그대로 둔 채로 자연 건조를 한다. 각자 살아온 대로 살면서 옆에 붙어 있다 보니 괜히 축축한 내 머리 상태가 드러났다. 몇 날 며칠 생각하다가 물어본다는 말투로 동거인은 입을 열었다.

"진아는 머리를 안 말려 왔던 거지?"

안 말려 왔던 거지? 좀 별난 물음에 그간 안 말려 왔던 나날을 그려 보았다. "맞아, 나는 그간 안 말려 왔어" 하고 대답했고, 동거인은 그냥 궁금해서 물어봤다는 듯이 끄덕인 이후로 더 이상 축축한 내 머리에 대해서 이야기를 하지 않았다.

"학교 다닐 때 말이야. 겨울이면 등교할 때 머리가 금방 얼었잖아. 가끔 그게 그립다?" 하고 말했더니 그런 적은 단 한 번도 없다는 대답이 돌아왔다. 나는 우리가 언제부터 얼마나 달랐는지 감히 알 수 없다고 생각했다. 나는 매일 축축한 머리로 등교를 하던 학생이었지만 동거인은 아니었다. 우리가 학교에서 만났어도 친해졌을까? 그렇게 질문을 던질 때면 나는 괜히 웃음이 나온다.

그 이후로 밤마다 들려오는 머리 말리는 소리가 신경이 쓰이기 시작했고, 동거인을 따라 나도 한번 말려볼까 싶어졌다. 말리는 사람이 있으니까 또 괜히 따라 하고 싶었다. 머리를 감자마자 말렸더니 바로 누울 수 있다는 것이 좋았다. 머리에 열이 많은 나는 얼굴이 벌게졌다. 그날 하루만 말려 보고 다음부터는 말리지 않았지만 좋은 경험이었다.

서로 이해되지 않는 일 투성이다. 걸핏하면 이해되지 않는 장면과 마주친다. 내가 아닌 다른 사람과 같이 산다는 것이 그럴 때 드러난다. 이해를 바라거나 이해를 하려는 마음은 내가 선택한 가족과 잘 살기 위해 애쓰는 마음이기도 하다. 나는 2주에 한 번씩 침구를 바꾸는 동거인에게 고마움을 느끼지만 그렇다고 해서 2주가 되자마자 동거인보다 먼저 침구를 갈지는 않는다. 그것은 내게 너무나 힘든 일이다. 하지만 축축한 수건을 빨래통에 바로 넣지 않고 밤새 말린 다음에 집어넣는 동거인의 방식은 따른다. 어렵지 않지만 좋은 쪽이기 때문이다.

우리 집을 깨끗하게 하는 일에는 동거인이 앞장을 서고, 매일 맛있는 것을 먹고 사는 일에는 내가 앞장을 선다. 키키의 병원 예약이나 건강 체크를 하는 사람은 동거인이고, 키키의 털을 깎고 귀 청소를 하고 손톱을 깎는 것은 내 몫이다. 여기에서는 서로의 관심이 부드럽게 섞여 있으면서도 할 일이 나뉜다.

하지 않던 일이지만 상대방을 위해 움직이는 것은 도와주는 일에 가깝다. 돕는다는 것은 상대를 위해 애를 쓴다는 것을 뜻하니까. 우리의 일이지만 나도 한번 도와줄게 하고 말하는 것은 어느 쪽이든 마음이 낮아질 수밖에 없다. 하지만 서로 돕자는 마음은 다르다. 네가 원하는 하루로 나도 걸어가 볼게. 좋은 방향이니까 내가 노력해 볼게. 무슨 일이 일어날지 모르지만 함께 가자는 마음은 서로 돕기로 약속할 때 피어난다.

각자 다른 모양의 퍼즐을 서로에게 가까이할 때면 우리가 만든 집의 모양이 만들어진다. 나는 동거인과 함께 이 퍼즐을 여전히 맞추어 나가는 중이다. 언제나 삐거덕거리면서, 투덜거리면서, 째려보면서, 미안해하면서, 머리를 긁적이면서, 꾀부리고 싶을 때는 꾀부리면서 말이다.

우리가 선택한 지붕 안에서 숲에 가는 아이들처럼 맑은 눈을 하고 함께 걸어가면 좋겠다. 같은 숲에서 서로 다른 점을 궁금해하면서, 그리로 걸어가는 서로의 뒤통수를 바라보면서 각자의 길을 걸어가고 싶다. 숲에서는 때에 따라 말을 크게 해야 잘 들리기도 하고, 낮게 해야 잘 들리기도 한다. 결국 말을 해야 그 마음을 안다. 내가 원하는 것은 말로, 그에 대한 대답은 행동으로. 숲에서의 약속이다.

당연한 건 당연하지 않았다

나에게는 당연하지만
동거인에게는 그렇지 않았던 것 또한 있었다.

큰지막한 발효빵을 산 날이었다.

내 계획은 이러했다.
먹기 좋은 두께로 썬 다음
당장 먹을 빵과
나중에 먹을 빵을
소분하고,

오늘은
두 조각!

빵 썰기는
즐거워.

오늘 먹을 빵은 일단 비닐봉지에 두고,
나중에 먹을 빵은 지퍼백에 넣고 냉동실로.

상온

냉동실에서 잘 자

라고... 생각하면서 잠깐 누워 있었다.

자는 거 아님.
빵 자를 체력
채우는 중.

나와 다르게 가만히 있지
못하는 동거인이 그새
말을 걸었다.

빵은 냉동실에
넣어 두면 될까?

← 부지런하고 성실하지만
빵의 미래까지는 상상하지
못하는 사람.

그..
그게 무슨.

그 큰 빵을
그대로 냉동실에
넣으면...?
깡깡 언 빵을 나중에
어떻게 자르려고.
아니 잠깐만.
오늘 구워진 빵을 왜?

← 진작에 일어나라.

내가 할게!

당장
멈춰!

게...계획을
세워서
빵을 대하면
좋겠어!

어...

잘 봐봐!

우리에게 당연한 것들

잘 맞지 않는 부분이
있더라도

잘 맞는 부분 하나가
크다면

계속 같이 걸어가고 싶어진다.

같이 다니면서도 혼자가 되는 순간이 있다는 건,
우리에게는 무척 중요한 일.

요즘 옛날 사람

또래 친구나 동종업계 동료와 만나 수다를 떨다 자조적인 표현으로 '옛날 사람'이라고 자칭하거나, 그거 너무 옛날이야기 아니냐고 웃을 때면 마음 한구석에서 좀 별로라는 표정이 빙빙 돌아다녔다. 나는 그냥 나인데 왜 옛날 사람이라고 했을까. 옛날 사람이라는 말이 별로인 이유는 내가 '요즘 사람'이라는 말을 듣기 싫어했기 때문이다.

프리랜서가 되었을 때 내 나이는 30대 초반이었다. 나는 함께 일하게 된 대부분의 사람보다 나이가 어린 편에 속했다. 나도 모르게 '요즘 사람'이 되기도 하고

'요즘 애들'이 되기도 했다. 나에 대해서 쉬이 한갓지게 보는 사람도 더러 있었고, 무언가를 똑 부러지게 말하면 무서운 요즘 애들 축에 속해 버렸다. 그렇다고 내 주변 또래들이 전부 할 말을 해야 할 때 하는 것은 아니었다. 그냥 내가 그런 사람이었다.

일에 대한 또렷한 거부감은 내 일에 대해 평가를 받았을 때보다 나라는 사람이라는 이유로 대해지는 태도가 다를 때 생긴다. 한 명의 여성 프리랜서로 막 하루하루를 시작했을 때의 나는 이제 일을 키워 나가는 중요한 시기를 보내고 있었으나, 실정은 막 대해도 되는 사람으로 살던 시기이기도 했다. 한마디로 감히 일을 선택할 수 없는 사람이었다. 쉽게 말해 나는 10년의 회사 경력을 가진 프리랜서였지만, 프리랜서가 되었을 때는 이제 막 일을 시작해서 일감이 필요한 사람일 뿐이었다.

일을 시작하기도 전에 한 번 기를 죽여 놓아야 한다는 절차가 있는 것처럼 어디나 비슷했다. 착한 얼굴을 하고서 걱정하듯이 기를 죽이는 행동은 단번에 알아채기 어렵다. 그것은 일종의 가스라이팅으로 다가오기 때문이다. 결국 작업자는 자책하면서 스스로를 무능력하다고 느끼며 그 힘으로 일을 마무리한다. "거 봐요. 하면 잘하잖아요" 따위의 말을 칭찬이라고 하는 세상에서 그 말을 과찬으로 여기며 눈물로 마무리한다. 그렇게 마무리하는 일은 아픈 꼴을 하며 진행할 뿐이고, 추후에도 어떤 도움이 되지 않았다.

회사 안에서도 별일 다 겪으며 목소리가 커질 대로 커졌던 나는 부당하다 싶을 때면 할 말을 했다. 이유는 단지 하나였다. 내 동료들은 이제 이런 것 좀 안 당했으면 좋겠다. 선생님이라는 호칭을 들으며 혼쭐이 나는 사람이 내게서 끝났으면 좋겠다. 이 세계의 부당함이란 작업 완료 후 다음 달에나 작업비를 받는 일에만 그쳤으면 좋겠다. 일을 중심으로 어느 한쪽은 당연히 기울어져 있을 수밖에 없지만, 일을 하는 프리랜서와 담당자 그 둘의 관계까지 기울어질 필요는 없다는 것이 당연하다.

경력이 많지 않아서 그런 것 같았지만 어느 정도 경력이 쌓여도 그 표정만 달라졌을 뿐 여전했다. 존중이 사라진 자리는 눈에 금방 띈다. 하나의 일을 사이에 두고 적당히 거리를 유지하는 것이 맞지 않을까. 적어도 자신보다 타인을 낮게 여길 필요는 없다.

여전히 아무렇지 않게 SNS 메시지로 그림 작업 의뢰가 들어온다. 명함 사진을 보내 놓고 "그림 의뢰를 드리고 싶은데요, 하실 수 있나 해서요" 한마디가 전부인 경우도 있다. 그러니까 지금 당장 말이다. 하면 어떤 일인지를 알려 주고, 아니면 다음 사람에게. 요즘 사람들은 이런 식으로 들어오는 일에도 재깍 반응을 해야 한다고 말하듯이. 그것이 아니라 쉽게 참여 유무만 빠르게 알고 말아 버려도 되는 사람이라고 생각해서 그렇게 행동할 수 있는 것이 아닐까.

긴 메일을 쓸 시간도 아깝고, 빠르게 대체 작업자를 찾으면 그만인 것이 내가 하는 일이다. 할지 말지 대답을 듣고 난 후에 연락이 없다가 한참 지난 어느 날에 오늘부터 일을 하면 된다고 하는 곳도 있다. 계약서 하나 없이도 그렇게 사람을 부린다. 재깍 반응하고 언제라도 시작하고 몇 번이나 수정을 하고 밤을 새워서라도 어려운 일정을 맞추는 것이 요즘 프리랜서일까.

이제는 프리랜서로서의 잣대가 단단히 생겨서 되도록 무리하지 않는 쪽으로 일을 고르고, 감정을 쓰지 않는 선에서 할 말을 하고, 내가 받아야 하는 것을 제대로 취하기 위해 나서고 있지만, 여전히 삽화가로서의 나는 '요즘 사람' 혹은 '요즘 애들'이라는 시선을 받고 있는 것 같다. 비단 삽화가만이 겪는 일일까.

요즘 사람으로 쉽게 대해지는 것은 아닐지, 어쩌면

묘한 불쾌감이 느껴지는 것은 부당한 대우와 내려다보는 시선에서 기인하는 것은 아닐지. 매번 확실하게 정당할 수는 없는 세상이지만 부당함에는 작아질 필요가 없다는 것을 많은 프리랜서들에게, 일터에서 자신의 나이만으로 대우받는 많은 사람들에게, 이제 막 시작하는 삽화가들에게 말해 주고 싶다.

코로나19 이후로는 미팅도 거의 사라졌다. 일하기 전에 얼굴 익히기 관습도 사라졌지만 미팅을 요구하는 곳들이 있다. 미팅의 이유로는 대표님에게 인사를 드릴 겸 커피도 마실 겸이 전부이기도 하다. 이런 이유로는 어디로든 이동하고 싶지 않다는 것이 내 속마음이다. 나는 여전히 일하기 전 인사를 드려야 하는 사람으로서 이 자리에 앉아 있는 것일까. 아무리 나이가 들어도 여전히 요즘 애들로 취급받는 직업이 내 직업일까 싶어 생각이 많아진다.

시간이 돈이라는 말을 좋아할 수는 없지만 프리랜서에게는 시간이 중요하다. 평일의 시간은 확실히 내게 다음의 돈을 가져다준다. 오늘 일한 것으로 내일 먹고 살 수는 없어도 오늘은 몇 달 전의 내가 보내 준 돈으로 산다. 나는 몰입해서 해야 하는 마감이 있는 주에는 되도록 낮 시간에 약속은 잡지 않고 불필요한 미팅 또한 잡지 않는 편이다. 여기서 불필요한 미팅이란 일하기 전 얼굴 익히기 자리로 커피를 마시며 일 이야기는 잠깐만 나누는 시간을 말한다. 은근히 떠들기를 좋아하는 나는 모처럼 만나 이런저런 이야기를 나누는 것을 좋아하지만, 모든 일에 대한 미팅을 진행할 수 없다. 특히 외주 그림 작업을 할 때는 그렇다.

대부분의 출판사들이 표지 작업을 진행할 때는 미팅을 제안하지 않는데, 여전히 한번 얼굴을 보고 시작하자는 곳이 있었다. "제가 옛날 사람이라 얼굴 한번 보고 시작해야" 하는 말에 "얼굴을 왜 봐요?" 하고 말할 수는 없었으므로 "표지 작업을 진행할 때 미팅은 거의 제안하지 않으시던데, 꼭 미팅 진행하시는 편이신가요?" 하고 물었다.

"옛날 사람."

한마디만 돌아왔다. 나는 "그럼 저는 요즘 사람" 하고 받아치고 싶었지만 하하 웃고 말았다. '요즘 사람'이라는 시선은 받기만 해 봤지 써 볼 생각은 없었기에 좀 놀랍기도 했다. 한 방 맞은 기분이 들었다. 옛날 사람이라는 것은 막강한 이유가 되는구나. 지구의 단위로 보면 우리는 지금 머무는 사람이 아닌가. 옛날 사람은 누구이고, 요즘 사람은 누구일까.

일을 쥐고 있는 이들이 나이 어린 사람들을 얕잡아 보며 요즘 사람, 요즘 애들이라고 취급해 버릴 때면 나도 그런 그들을 '요즘 옛날 사람'이라고 부르고 싶어진다. '기어이 요즘 옛날 사람이 되셨네요' 하고. 사람에게 요즘 사람이 불리는 시기가 존재한다면 요즘 옛날 사람이라 불리는 시기 또한 왜 존재하지 않겠냐고. '요즘 옛날 사람들 참 너무하지 않냐?' 하고 따져 댄다면 기분 어떠냐고 말이다.

하지만 누구나 그렇듯 자신의 생만큼의 두께가 있고, 집에 돌아가서야 챙기는 시선이 있고, 그러고 싶지는 않았던 내면이 있다. 내가 납작한 사람으로 취급받고 싶지 않은 만큼 모든 사람들 또한 마찬가지 아닐까. 자신이 걸어온 길을 묵묵히 떠올리며 꺼내 보이는 사람을 쉽게 꼰대 취급을 해 버리는 것도, 요즘 젊은 애들은 참 무섭다며 뒷걸음질 치는 것도, 같은 지구에서 같은 단위를 사는 사람끼리 할 말은 아닌 것 같다.

나이로 드러나는 차이는 그대로 둔 채로 일을 사이에 둔 나와 너. 존중의 자리를 펼쳐 놓고 잠시나마 함께 앉아 있다가 마주할 일이 없어지면 훌훌 털고 일어나 각자의 자리로 걸어가는 사이. 나는 이런 사이를 좋아한다. 그렇게 알게 된 사이가 다음에 다시 만나 다른 일을 하게 될 때면 둘만의 관계와 일이 생겨난다. 일로 만나서 나이도 그간 걸어온 시간도 알지 못하지만, 지금 당장 좋아하는 것은 뭔지 알아서 연락을 주고받기도 하고 서로 시간을 내어 밥과 차를 나누다가 친구가 되기도 한다. 내게는 이런 과정을 거쳐 만난 사람들이 많다. 책의 세상에서 만난 이들에게 요즘의 나를 언제까지나 소개하고 나누는 사람. 나는 이런 요즘 사람이기도 하고, 이렇게 된 옛날 사람이기도 하다.

다시 만나고 싶은 얼굴

이제는 없는 사람을 자주 생각한다. 생각하면 없는 사람이 덩그러니 나타난다. 보고 싶은 사람이기도 하고, 볼 수 없는 사람이기도 하다.

사람이 죽음을 맞이하면 모든 신체 기관 중에서 다른 곳도 아니고 귀가 가장 마지막에 그 기능을 상실한다고 한다. 학교에서 배운 것 중 가장 인상적이기도 하고 또 인간적이기도 한 내용이었다. 교과서에 이런 이야기가 적혀 있다니 참 신기하구나 싶었다. 그래서 죽은 사람 앞에서는 끝까지, 끝의 끝까지 말을 조심해야 한다고. 나는 교과서의 그 부분에 밑줄을 그었다. 죽은 사람을 향한 존중은, 꼭 들을 말만 하고 그것이 아니라면 입을 닫는 일이었다.

정말일까. 내가 죽어야만 알 수 있을 테지. 하지만 교과서에 밑줄을 그으며 할아버지가 돌아가셨을 때 울음을 그치지 않던 내 목소리가 꼭 할아버지의 마음처럼 들렸다. 할아버지는 살아생전에 "내가 죽으면 우리 진아가 울어 줄까?" 하고 이따금 물으셨다. 당연히 울지 않겠느냐는 내 말은 어쩌면 할아버지에게는 약속이었는지 모른다. 나는 그 약속을 지키기라도 하듯이 '나 울어요 나 울어' 하며 할아버지의 배 위에서 엉엉 울었다. 옆에는 오빠가 더 큰 소리로 울고 있었다. 할아버지는 우리의 울음을 끝으로 우리 마음에 들어왔다.

그래서 나는 귀신이 있다고 믿고 싶은 사람이 되었다. 혼자 있을 때면 중얼거리거나, 일부러 라디오를 틀어 두거나, 큰 소리로 노래를 부른다거나, 무언가 보이는 것 같아 자꾸만 옆과 뒤를 바라보게 되는 것은 그래서 생긴 버릇이기도 하다. 가끔은 일찍 헤어진 나의 옛 개를 떠올리면서 우리가 다시 만나면 어떤 언어로 대화할지를 상상한다. 다시 만나더라도 여전히 아무 말을 하지 않겠지만 우리라면 대화할 수 있다는 믿음을 안고서.

다시 만나고 싶은 사람이 떠오를 때면 내가 살았던 삶이 그리 슬프지만은 않게 여겨진다. 만나고 싶은 이와 잠시나마 함께 있었다는 것, 그리고 어쩌면 내가 모르는 세상에서 다시 만날 수도 있다는 것. 헤어짐이라는 것은 이 지구별에 살게 된 죄로 얻은 슬픔이니까. 헤어진 순간부터는 같이 있는 것이 아니라 같이 걸어간다. 우리가 아는 슬픔을 가진 채로 남은 생을 함께한다. 아무리 슬퍼도 이 슬픔에는 끝이 있다는 것이 가장 슬프다면 슬픈 거라고.

책 모임을 하는 친구들과 둘러앉아 책과 전혀 상관없는 귀신 이야기를 떠들기 시작했을 때, 한 명은 귀신을 믿지 않는다고 했다. 나는 거기에 대고 귀신이 있으면 좋겠다고 했다. 나는 언제나 설명이 필요한 말을 하고 살기에 내 말을 설명하기 시작했다.

"저는 귀신이 되면요……."

책 모임 친구들은 내 말을 들어줄 준비가 되었다는 듯이 내 쪽을 바라보았다.

저는, 귀신이 되면요, 보고 싶은 사람한테 한번쯤은 가 볼 것 같아요, 그래서 보고 싶은 사람이, 여기 이제 없는 사람이, 그 사람이 저한테 왔으면 좋겠어요, 그래서 귀신을 믿고 싶어요.

죽은 사람이 보고 싶다는 말을 돌리고 돌려서 귀신 이야기를 꺼내 버리는 내가 뒤늦게 좀 주책맞다고 여겨졌다. 귀신을 믿는다는 말을 시작으로 귀신이 된다는 이야기까지 듣던 책 모임 친구들은 내 말에 조금씩 끄덕여 주었다.

"그럼 저도 만나러 가도 돼요?"

조금 전까지 귀신은 믿지 않는다던 사람이 귀신이 되면 나를 만나러 온다니. 나는 귀신을 본 것처럼 놀랐다. 귀신을 믿지 않는 것과 귀신이 되는 것은 별개라는 듯이 마음 한쪽을 펼쳐 보이는 말에 왠지 마음이 찡해졌다. 만나기로 약속한 사람은 그간 한 명도 없었다. 책 모임을 하는 날이면 작업실에서 청소를 하고 차를 내리고 환기를 시키고 빵을 접시에 담으며 친구들을 기다리는 내 모습이 떠올랐다. 오기로 한다면 나는 언제까지나 그러고 살 것 같았다.

"그럼요. 꼭 오세요."

귀신을 좋아해도 돼. 만나고 싶은 사람만 있다면. 그간 나 혼자만 간직하고 상상하며 지낸 시간을 향해 그래도 된다고 말해 주는 것 같던 자리. 남은 삶을 살아내면서부터는 없는 얼굴과 있는 얼굴을 모두 그려 보고 싶어졌다. 다시 만나고 싶은 얼굴들을 내 일상 곳곳에서 기다리면서. 다시 만나러 가고 싶어질 지금의 얼굴들을 꼬박꼬박 마주하면서. 슬픈 노래를 계속 흥얼거리면서.

사라진 것들을
노래하다

매일 한 번씩은 우는 것 같다. '울다'라는 동사를 사전에서 찾아보다가 왠지 마음이 놓였다. '기쁨, 슬픔 따위의 감정을 억누르지 못하거나 아픔을 참지 못하여 눈물을 흘리다. 또는 그렇게 눈물을 흘리면서 소리를 내다'라니. 슬픔보다 기쁨 따위의 감정이 먼저 나오다니. 생각해 보니 기뻐서 울 때가 더 많은 사람인 것도 같다. 물론 슬퍼서도 많이 울지만, 매일 우는 대부분의 이유는 슬픈 감정보다는 기쁨에 더 가깝다. 만화책을 읽다가 너무 웃기거나 좋으면 별안간 울어 버리니까.

오래도록 좋아한 한 음악가의 에세이에 추천의 말을 쓰게 되었다. 물론 단순히 작업 의뢰 메일을 받고 우는 것은 아니지만, 이런 일이 닥치면 적어도 난 다소 일찍 울 준비를 마치는 사람이기는 하다. 무엇이 되지 않아도 되던 시절부터 즐겨 들었던 음악가와 십수 년 뒤에 일로 연결된다는 것은 왈칵 눈물이 날 만큼 기쁜 일이니까. 마냥 좋아하던 마음을 여전히 붙들고 살았을 뿐인데 선물을 받은 것 같다. 내가 좋아한 방향대로 걸어갈 길이 그려져 있다니.

별다른 할 일은 없지만 챙겨 봐야 할 공연들은 많았던 시절, 바로 눈앞에서 펼쳐지는 노래를 그저 듣고만 있던 나는 알지 못할 오늘이었다. 일을 마치기 전까지는 울지 않기로 하고, 모을 수 있는 온갖 마음을 모아 성심을 다해 추천의 말을 마무리했다. 좋아하는 이와 책으로 연결되다니. 책을 중심으로 작업을 이어 가는 사람에게는 당분간 붙들고 나아갈 수 있는 힘이 생긴다.

추천의 말은 그렇게 마무리되었고, 그에 대한 작은 보답으로 최근에 나온 정규 앨범의 LP를 선물로 받았다. 이미 벌어진 상황 자체가 나에게는 선물인데, 손에 잡히는 선물을 또 받았다. 오랜 팬으로서 '아차' 했다. CD는 발매되자마자 바로 샀는데 LP가 나온 것은 몰랐다니. 그래서 언제 울었냐면, 며칠 뒤 아름다운 LP와 함께 작은 봉투 한 장이 도착했을 때다. 하얀 봉투에는 이렇게 적혀 있었다.

"작가님 책을 읽다가 저 역시 한강문고, 불광문고의 단골로 폐점을 앞두고 방문한 기억이 있어 신기했어요. 이미 갖고 계실 수도 있지만 반가운 마음에 동봉합니다."

나의 책 『읽는 생활』에는 「좋아하기에 절망할 수 있는」이라는 제목의 글이 있다. 오래 좋아하는 서점이 끝내 문을 닫게 되어 폐점하는 날 서점을 찾아 마지막 모습을 눈에 담는, 나의 서점 생활기에 대한 이야기다. 책과 책이 있는 공간을 사랑하는 사람이 지금을 살아가며 겪는 절망이 담긴, 결국은 희망찬 이야기.

봉투에 적힌 짧은 손글씨 편지로 나는 내가 좋아하는 음악가 또한 기꺼이 절망을 마주하는 사람이라는 것을 느꼈다. "반가운 마음에 동봉합니다"라는 문장이 꼭 부드러운 멜로디처럼 읽혔다. 편지는 봉투에 써 있는데 봉투에 든 것은 무엇일까 하고 털어 보니 떨어져 나온 것은 한강문고와 불광문고의 책갈피와 쿠폰이었다. 꽤 오래 참아 온 눈물을 꺼낼 필요도 없이 울어 버렸다. 이것은 안심이 되어서 우는 울음이었다. 같은 것을 향유하고 같은 마음으로 그리워하는 사람이 있다는 안심.

"이미 갖고 계실 수도 있지만"에서 이미 들켜 버렸듯이 나 또한 오늘까지도 지갑 속에 한강문고 쿠폰을 들고 다니는 사람이었다. 눈물을 슥슥 닦으면서 지갑 속 쿠폰을 꺼내어 방금 도착한 쿠폰과 합쳤다. "한강문고 머니가 3,100원이 되었잖아요" 하고 우는 낮.

남몰래 품고 있던 무용한 희망에 함께 끄덕여 주는 사람이 있는 세상. 조용히 두었던 마음 주머니 하나가 두둑해지는 기분. 이 힘으로 더 이상 없는 것에도 계속해서 향할 줄 아는 사람으로 여전히 지낼 수 있다. 노래를 만드는 사람이나 책을 만드는 사람이나 모두 어딘가의 끄트머리에 앉아 사라진 것들을 노래하려고 한다. 이런 사람들은 울보일 수밖에 없다.

그건 책한테 미안하잖아요

책을 만들면 책을 만드는 사람끼리 모이게 된다. 이 것은 내가 사는 세상이 아름답게 느껴지게 하는 동시에 얼마나 절박한지를 보여 준다. 책을 향유하는 사람들이 책을 만들어서 선보이는 이가 되고, 책을 만드는 사람들이 책을 사는 데 덜 주저하는 이가 되기도 한다. 집 안에 책의 자리를 내어 주는 사람만이 책을 향해 걸어가는 것이다. 과연 이런 사람들이 언제까지 그길을 걸어갈 것인가. 같은 책 세상에 모인 이들은 일단 오늘은 모였다는 것에 안심하고 있다.

나는 끝까지 책을 읽고 책으로 이야기하고 싶은 한

명의 쓰는 독자로서, 책을 사는 데는 돈을 아끼지 않겠노라 다짐했다. 이 다짐이 그다지 거창하지 않은 이유는 책값이 여전히 높지 않은 데 있기도 하고, 한 권의 책을 산다고 해서 그 책에 달려 있는 수많은 사람들의 내일이 보장되지는 않기 때문이기도 하다. 하지만 한 권의 책을 읽고 감상하고 마음에 품게 되기까지의 시간은 얼마나 오래 걸리는지.

책을 고를 때 가격을 보지 않고 당당히 계산대로 향할 때의 나는 내가 이런 어른이 되었다는 것에 잠시나마 감동한다. 책에 대해 살필 수 있는 것을 최대한 샅샅이 보지만 가격은 비교 대상이 되지 않다는 것은 모든 책들을 저마다의 이야기로 대한다는 태도이자 책 그 자체를 존중하고자 하는 마음이기도 하다. 책의 제작 사양에 따라 가격을 매기고 소비자가 가격을 판단해 버리는 것은 만든 이의 지난한 시간을 저버리는 일이 되기도 한다. 단지 책이 되는 일이 내 직업이라서가 아니다. 나는 책 그 자체를 사랑하기 때문에 책이 된 시간을 애써서 자세히 떠올리는 것뿐이다. 제작의 가장 부차적인 과정부터 저자가 책의 모양을 모르면서도 나아갈 수 있었을 가장 알맹이가 된 힘까지.

책이 되는 일 중에서 내가 가장 마음껏 하는 것은

'임진아 페이퍼'라는 이름으로 선보일 종이 물건들을 만드는 일이다. 작은 책자와 부드러운 지류를 소개하는 것으로, 여기서 부드러운 지류란 종이를 좋아하는 사람이라는 뜻이 되기도 한다. 출판사와 협업하여 단행본 한 권의 에세이집을 만들 때와는 다르게 내가 하고 싶은 이야기를 굳이 책으로 만들고 싶을 때면 내 이름을 종이 앞에 붙여서 선보이는 것이다. 그렇게 만든 종이 물건들을 직접 들고 나가서 판매할 때면 임진아 페이퍼라는 이름 그 자체가 된 것 같아서 묘하게 상기된다.

코로나19 이후 한동안 직접 대면하여 책을 파는 일이 멈추었다가 조금씩 기존 책 행사가 다시 슬며시 얼굴을 내밀었고, 책을 만드는 사람과 사는 사람이 모이게 되었다. 잊고 있던 것이 하나 있었다. 책을 만드는 사람끼리 모여 오랜만에 인사를 나눌 때면 어째서인지 책을 하나 사야 할 것 같은 그런 묘한 공기를 서로 호흡하며 눈알을 굴리는 순간 또한 존재한다는 것이었다. 절대 내 책에는 관심이 없을 것 같은 지인이 내 책을 일종의 응원으로 구입할 때면 괜히 머쓱하다. 방금 지인이 사 간 것은 『이 노래의 자초지종』이라는 책으로, 일본 노래를 듣고 쓴 노래 일지를 한데 모은, 뽐

족한 취향이 앞장선 책이기 때문이다. 고마운 동시에 지인의 집에서 여전히 머쓱해할 내 책의 표정이 그려졌다. 내 책은 나를 닮아서 분명히 눈알을 굴리며 어색해할 것 같다. 책은 누군가에게 펼쳐 보일 때 비로소 표정에 힘을 푸는 존재다.

　오랜만에 열릴 책 행사를 앞두고 책을 만드는 동료 작업자들도 비슷한 이야기를 꺼냈다. 인사를 나누는 것은 좋은데 책을 사야 할 것 같은 분위기가 또 그려질 것 같다고. 그러니까 모두 애써서 여기를 나왔다는 공통된 마음은 너무나 예쁘기도 한 것이다. 그만큼 우리에게 책을 파는 행사는 모처럼 박력 있게 자신의 책을 선보이는 시간이자, 내 책이 떠나는 모습을 직접 보면서 다음으로 나아갈 수 있는 힘을 받는 시간이기도 하다. 그러나 나는 아무리 그런 자리에서도 억지로 책을 산 적은 없었다.

　"근데 그건 책한테 미안하잖아요."

　응원은 응원이고, 책을 사기 싫으면 안 사는 것이 책에 대한 예의니까. 만약 일종의 응원이더라도 만든 이의 시간과 생각이 조금이라도 궁금하거나 책을 펼쳐서 관심을 기울이고 싶다면야 사는 것이 맞지만, 어색함을 피하기 위해서라면 응원의 한마디를 또렷하게 전하고 돌아오는 것이 맞다. 우리는 여기에서 비슷하게 애쓰고 있는 사람들이니까.

드디어 열린 책 행사에서 아주 오랜만에 만난 작업자들과 반갑게 인사를 나누었다. 책의 세상에서는 명절과도 같은 날이 오랜만에 찾아왔다. 테이블을 사이에 두고 각자의 책과 함께 지금의 얼굴을 서로에게 보여 준다는 것은 생각했던 것보다 찡한 감동이 있었다. 그도 그럴 것이 이 명절은 만든 책이 있어야 참여할 수 있기 때문이기도 했다. 그간 고개를 숙여 만들었을 책을 들여다보며 각자의 지난 시간을 그려 본다. 책을 꼭 사지 않더라도 지금 당장에 모인 광경 속에 있기만 하면 우리의 할 일은 다 하는 것이라고 나는 생각했다.

책 행사가 진행되는 3일 중에서 마지막 날에야 다른 팀의 책들을 마음 편히 구경할 수가 있었다. 그간 오랫동안 좋아한 한 작가님과 인사를 나누며 안부를 나누었다. 몇 해 전에 서점에서 만지작거리다가 내려 둔 책 앞에 그것을 만든 사람이 앉아 있었다. 모처럼 사인을 받을 수 있다, 내 이름이 들어간 책이 생긴다, 이런 문장들이 책이 진열된 테이블 위로 나타났고 비로소 이 책을 사기 가장 좋은 때를 만났다는 것에 기쁜 것도 잠시, 나는 바로 책을 구입했다. 사인하는 과정을 동영상으로 찍고 싶어서 옷자락에 핸드폰 렌즈를 쓱쓱 닦는데 왜인지 애매한 미소를 띠며 입을 여는 작가님.

"괜히 저랑 인사해서 사시는 거 아니에요?"

나는 나도 모르게 턱을 내 쪽으로 당겼다. 아마 이중턱이 되었을 것이다.

"제가 그럴 사람으로 보이세요? 책 억지로 사고 막 그런."

그럴 사람은 아닌 것 같기는 하다고 하며 정성스러운 사인을 완성해 주었다. 나는 두 손으로 책을 한아름에 안고 인사를 건넸다. 인사했다고 책을 사는 것은, 그건 책한테 너무 미안하잖아요.

서점에서

구경하던 책을
아무렇게나 내려놓더니
전화를 받는 사람.

어!
왔어?

갈게!

이럴 때면 책에 눈 코 입이 생긴다.

으앙
안 돼!

이렇게 두면
안 된다고요.

책은 움직일 수 없으니 내가 움직일 수밖에

서점에서는
책의 요정처럼
행동하며
돌아다닌다

잠시나마 펼쳐진 책은
가장 밑에 두고서 퇴장.

괜찮아질
거야.

같은 책들이 꼭꼭 눌러 줄 거야

이제 괜찮아요

뷔페에서 한 아이와 마주쳤다. 이제 막 접시를 든 참이었다. 사람들이 점점 많아지는 시간대라 그런지 음식 앞을 지나다니는 사람들이 너무 빠르다 못해 오히려 서서히 속도를 줄인 화면처럼 보이자 작은 한 아이가 시선에 들어왔다. 멈추어 있던 내게는 거의 멈춘 듯이 느리게 걷던 아이만이 선명하게 보였다.

아이는 방금 담은 국수 그릇을 향해 고개를 숙이며 일단 전진하는 중이었다. 아이 손에 비해 꽤 큰 그릇에는 뜨거운 국물이 가득해서 찰랑거렸고, 아이의 손은 그새 벌게져 있었다. 걸음걸음마다 넘칠 듯한 국물에 내 몸이 먼저 반응했다.

"뜨겁지 않아요?"

음식들이 놓인 테이블의 작은 틈에 내 빈 접시를 올려 둔 후 아이가 든 국수 그릇을 들어 주었다. 방금 채운 듯한 잔치국수는 내 손으로 들기에도 꽤 뜨거웠다. 아직 아무것도 담지 않은 내 빈 접시 위에 국수 그릇을 올려 둔 후 다시 내밀었다. 그릇을 접시로 대체하는 내 순발력에 나는 조금 놀랐는데, 아이는 바지에 손을 슥슥 닦을 뿐이었다. 두리번거리니 국수 코너에서 이 자리까지는 내 걸음으로 여섯 발자국 정도. 그 거리를 아이는 촘촘하고 불안하게 걷고 있었다.

"이렇게 한번 들어 봐요."

쟁반이 생긴 국수를 건넸더니 아이는 여전히 고개를 숙인 채로, 정확히는 국수에 온 신경을 집중한 채로 받아들었다. 꽉 잡은 손에서는 어째서인지 어떤 긍지가 보였다. 거기에다가 대고 나는 여전히 찰랑이는 국물에 집중한 나머지 조금 선을 넘어 버렸다.

"자리 어디예요? 내가 들어 줄까요?"

아이는 이미 출발하며 내게 꾸벅 인사를 했다.

"이제 괜찮아요. 감사합니다."

이제 괜찮다는 말을 듣고서야 나는 안심했다. 아까

는 안 괜찮았지만 지금은 분명 괜찮아졌다고 말하는 것 같았다. 적어도 아이는 이제 알고 있는 것 같았다. 뜨거운 국수를 담은 그릇은 뜨겁고, 이렇게 들면 안 뜨겁다는 사실을. 아이의 두 손에서 본 긍지는 국수를 발견하고 선택한 당당함이기도 했고, 혼자 끝까지 해내고 싶은 마음이기도 했다.

안심했지만 자리에 무사히 착석할 때까지 눈을 뗄 수가 없었다. 아이의 부모님은 접시를 쟁반 삼아 조심히 가져온 국수를 보고 화들짝 놀랐다. 국수를 혼자 가져와서 놀란 것인지, 국물이 찰랑거려서 놀란 것인지, 접시를 쟁반으로 사용한 점에 놀란 것인지는 알 수 없었지만, 놀란 후에는 아이의 등을 위에서 아래로 몇 번 크게 쓰다듬어 주고는 어서 먹으라고 말해 주었다. 아이는 활짝 웃으면서 국수를 바라보기 시작했다. 식당에서 종종 볼 수 있는 신난 아이들의 텐션이 비로소 나왔다. 자리에 앉기 직전, 꼿꼿하게 선 채로 방긋 웃으며 점프하듯이 자리에 앉는 텐션 말이다. 나는 그제야 다시 허리를 숙여 빈 쟁반을 챙겼다.

한번 해보려는 마음으로 국수를 지그시 바라보던 뒤통수가 내게서 점점 멀어졌을 때, 나는 꼭 내 뒷모습을 보는 기분이 들었다. 나 또한 어린이로 살며 무수히 많은 순간들을 만났다. '아, 이렇게 하면 되는구나'의 순간들. 이미 늦어 버려서 기회가 없을지도 모르지만 '하나 배웠네' 긁적이던 순간들. 하지만 늦은 때란 없었고, 다음 기회는 분명히 있었다. 받은 줄도 모르고 받은 작은 관심은 내게 닿았고, 더 잘할 수 있는 다음을 그리게 했다. 어른으로 지내야 하는 지금이라고 다를까. 자라나는 감각이 더딜 뿐이지 '이런 거구나. 하나 배웠네' 하며 한숨을 쉬는 날이 지금도 얼마나 많은지 모른다.

어린이 시절을 그리면 아찔해진다. 한 걸음 한 걸음마다 발에 돌멩이가 걸리는 듯한 길을 참 무사히 걸어왔구나 싶어서. 어떤 어른은 내 뒷모습을 끝내 바라보아 주지 않았을까. 내게 확실히 닿았던 다정함과 따뜻함은 공기처럼 부드럽게 스치지 않았을까. 나는 그것도 모른 채 혼자 잘 해냈다고 으스댔을지도 모르고, 다음에 더 잘할 수 있을 것 같은 자신감이 생겨났을지도 모른다. 다정함과 따뜻함은 어른의 마음에 그저 있어 주기만 하면 된다.

아는 어른

어렸을 때부터
밖에만 나오면 입을 열기가 어려웠다.

아...

주문을 하려다가도 눈을 마주치면 얼어붙었다.

안녕~

아...

길거리나 가게 안, 낯선 사람 앞에 선 모든 순간이
마치 연극 무대에 오른 것처럼 느껴졌다.

천천히
보고 말해 줘.

...

그러니까

내가 할
대사는...

뭐래?!

뭐라고?
안 들려ㅇ

뭐가 먹고 싶었는지 아무 생각이 안 난다.
뭐가 먹고 싶은지 말하는 게 왠지 창피하다.

고민 돼?

전에 왔을 때랑
같은 걸루 줄까?

아...

저번에 엄마 손 잡고
왔었지?

그때 맛있게
먹었던 거 줄게~

네.

오늘은 정말
다행이다.

그렇게만 생각하고
얼른 집으로 뛰어갔다.
고마움보다는
한숨 돌렸다는 것에만 안심한 채로.

나를 바라봐 주는 어른이 있다는 것.

아무 탓도 아니야

매해 여름과 가을 시즌에 맞추어 부지런히 열리던 음악 페스티벌은 나의 마감 날이었다. 회사의 이익을 위해 어쩔 수 없이 엠디 상품 제작을 진행한 터라 귀엽고 아기자기하고 친환경적인 제품을 만들던 우리는 한순간에 페스티벌 디자이너로 급변해야 했다. 그것은 그다지 어려운 일은 아니었다. 다만 평소보다 많은 수량과 철저한 일정이 정해진 납품 건이었으므로 긴장감과 부담감은 자체 제작 상품을 만들 때와는 비교도 할 수 없이 컸다.

어쩌다 보니 주로 타월을 담당했던 나는 그간의 발

주 데이터와 올해 페스티벌 콘셉트를 취합하며 디자인을 잡았다. 음악 페스티벌을 열심히 다녔던 20대 초의 나를 떠올리면서. 그때의 나는 돈이 없어 분위기에만 신난 사람이라 아무것도 구입하지 않았지만, 큰 타월을 사서 두르고 다니던 사람들의 모습만큼은 선명했다. 타월이라는 것은 페스티벌 세상에서는 진짜 수건이기도, 이불이기도, 담요이기도, 돗자리이기도 했고, 페스티벌이 끝난 후의 생활에서 종종 만나게 될 기념이기도 했다.

타월 디자인을 잡고 제작 발주를 하는 일은 어렵지 않았다. 대체적으로 큰 디자인 콘셉트는 주어지기 때문에 모든 것은 시간문제였고, 그것을 문제 삼기에는 우리는 생각보다 꽤 유능한 디자이너였다. 하지만 이 세계에서는 약속된 것이 하나 있었다. 아무리 유능하고 센스 있는 사람이더라도 예상하지 못한 업체의 사고를 겪는 것은 완전히 복불복이라는 것. 그리고 그것은 동시에 디자이너의 능력으로 평가되어 사고를 친 사람으로 못이 박힌다는 사실까지. 업체의 사고는 한 사람도 빠짐없이 겪는 일이었지만 이 사실만큼은 쉽게 바뀌지 않았다.

내가 진행한 타월 중 하나는 모자와 단추가 달린 일

명 모자 타월이었다. 어깨에 두르고 똑딱이 단추로 고정하면 후드티처럼 모자를 쓸 수 있었다. 야외 페스티벌에서 잠시 겉옷으로 변하게 되는 아주 유용한 타월. 검은색 타월에 백색으로 날염을 하면 멋있겠다는 생각에 타월 업체에 문의했더니 이런 경우에는 날염이 아닌 발염을 하는 쪽이 좋다는 답변을 받았다. 날염은 색을 더하는 방식이고, 발염은 약제를 부분적으로 발라 원하는 부분의 색만 빼는 방식이다. 검은색 타월에 발염을 하면 황갈색에 가까운 밝은색이 나타나는데, 내가 잡았던 범 무늬 시안에는 흰색보다 황갈색이 탁월했다. 회사에서 익힌 이런 일들은 끝내 내게 남았다. 더 이상 타월 제작을 할 일은 없지만.

여기까지는 좋았다. 발염 작업을 마친 원단은 이제 타월 제작 업체로 넘어간다. 이 모든 과정을 핸들링하는 것까지 디자이너의 몫이다. 타월 제작 업체에서는 이미 모자 타월 제작을 해 본 경험이 있었기에 핸들링이 어렵지 않았다. 어렵지 않다고 생각한 순간 이상하게도 사고의 그림자가 드리워진다.

처음에는 수습 가능한 정도의 사고였다. 수습 가능한 정도라는 뜻은 수습할 수 있는 일정이 남아 있음을 뜻하기도 한다. 발주한 쪽의 잘못이 아닌 명백히 제작

업체의 잘못이라면 당연히 추가 제작비를 감당하지 않아도 된다. 재봉 과정에서 사이즈 실수가 크게 나서 처음부터 다시 작업을 해야 했다. 주로 선공개 시스템으로 엠디 상품이 공개되고 엠디 상품과 티켓이 세트로 판매되는데, 얼리버드 구매자에 한해서 페스티벌 전에 집에서 미리 받아 볼 수도 있었다. 이 일정을 지키는 것이 일단 그 무엇보다도 중요했다.

일정이 가까워지는데도 업체의 실수는 끝나지 않았다. 실수가 여러 번 반복되었고, 새롭게 배운 발염 과정은 지겹게 다시 겪는 재작업일 뿐이었다. 회사 사람들의 시선은 따갑기만 했다. 하루에 한 번 전화할 것 세 번 했어야지, 세 번 할 것 다섯 번 했어야지, 주말이라고 해도 내 재량껏 신경을 썼어야지, 이미 사고 몇 번 낸 곳인데 그것을 믿고 있었다니 등등의 갖가지 시선은 나를 점점 작게 만들었고, 정말로 모든 것이 다 내 잘못처럼 여겨지기 시작했다.

죄인 취급을 받더라도 업체에서 새롭게 수습만 잘해 준다면 대충 평범한 에피소드로 끝이 날텐데, 이번에는 좀 달랐다. 이번에는 진짜로 완료될 모자 타월을 기다리며 애써 차분한 표정으로 앉아 있는데, 타월 업체 사장님으로부터 또다시 불길한 전화가 걸려 왔다.

"타월이 다 없어졌어요."

애써 웃으며 받은 표정 그대로 갸우뚱 기울어졌다.

"직원이 타월 담은 봉지를 쓰레기인 줄 알고 버렸어요."

"지금 제가 갈게요."

타월은 어디에도 없었다. 업체 사장님과 타월을 버린 직원 분은 내게 거듭 사과 인사를 했다. 기분은 울고 싶었지만 도무지 눈물이 나오지 않았다. 이럴 때는 눈물이 안 나오는군! 울고 싶은데 눈물이 안 나와요 사장님. 나도요. 은퇴를 곧 앞둔 사장님과 이제 막 대리가 된 내가 나눈 대화에는 눈물 자국만 없을 뿐이었다.

부지런히 아침에 출근해서 봉지에 담긴 타월 자투리를 열심히 치우다가 이제 막 완료된 타월까지 버린 직원 분. 그는 서툰 한국말로 어쩔 줄 몰라 안절부절했고, 사장님은 "그저 열심히 일한 것뿐이라 화도 안 나더라고" 하며 그냥 슬퍼할 뿐이었다. 나 또한 마찬가지였다. 일부러 버린 것도 아니고, 일부러 버릴 일도 아니었다. "그거 근데 쓰레기로 보일 만해요" 하며 나는 또 이상한 말을 위안이랍시고 주절거렸다. 누구를 위한 위안인지 알 수조차 없었다.

"아무래도 귀신에 씐 것 같아."

사장님이 내뱉은 말에 나도 사장님도 한동안 아무 말도 못했다. 나는 그만 푸하하하 웃어 버리고 말았다. '귀신'이라는 단어의 등장에 내 마음은 이상하게 진정이 되어 버린 것이다. 아무의 잘못도 아니야, 그냥 이 것은 이상해! 이런 일이 있기도 하네 참말로. 그런 말처럼 들려서 눈물을 쓱쓱 닦으며 자리에서 일어나는 기분이 들었다. 팀원들은 늘 나를 위로했지만 회사 속에서는 여전히 사고를 낸 디자이너로 존재했을 뿐이었다. 사장님의 귀신 타령은 다소 진심이었다. 가끔 이렇게 귀신이 낀다고, 그것이 하필 이것이었다고 하며 무서운 분위기로 마무리 지었다.

회사 속 누구도 귀신 타령은 하지 않고 나를 일 못하는 귀신처럼 볼 뿐이었다. 나는 우리 팀과 물류팀의 압박에 완전히 끼여 한동안 표정 없이 지내야만 했다. 얼리버드로 타월 세트 티켓을 예매한 사람의 수를 파악해서 먼저 1차 입고를 한 후 나머지 분량을 받기로 정리했다. 물류팀에서는 일을 두 번이나 하게 되었다며 내게 대놓고 화를 냈다. 화를 내는 전화는 언제나 내 대답을 듣기도 전에 끊어졌다.

비로소 1차로 완성된 타월을 받으러 가기 전날인 일요일 오후에 타월 업체 사장님으로부터 전화가 왔다. 나는 너무 무서워서 받지 못하다가 눈을 질끈 감고 받았다.

"네, 사장님?"

제발 또 사고가 났다는 말만큼은 넣어 주시라는 식으로 사장님을 불렀다. 사장님은 아주 차분한 말투로 입을 열었다. "타월 제작이 완료됐어요. 우리 직원이 미안하다고 밤을 새워서 수량을 더 만들었더라고." 그것은 아무래도 도움이 되지 않는 배려이자 너무 늦은 정성이었지만, 사고 소식 전화가 아니라는 것에 안심하며 두 손으로 핸드폰을 꽉 잡았다.

내가 택한 방법은 동대문구에 위치한 업체에서 1차 완료된 타월을 내 손으로 직접 옮기기였다. 당연히 퀵으로 옮기는 것이 일반적이지만 나는 더 이상의 사고 날 위험을 만들고 싶지 않았다. 그것은 당시 내 진심이었고 최선이었고 눈물이었다.

다음 날 아침, 업체 앞에서 건네받은 타월은 하늘색 반투명 비닐봉지에 그득하게 담겨 있었다. 굳이 내 몸을 이동 수단 삼아 동대문에서부터 가산디지털단지역까지 들고 가겠다는 나를 업체 사장님만큼은 말리지 않았다. 바깥까지 마중을 나와 내가 떠나는 뒷모습을 바라보아 준 사장님과 타월을 버린 직원 분. 나는 둘에게 비장한 얼굴로 말했다.

"도착하면 연락드릴게요. 만약 가는 길에 무슨 일 생기면 그건 진짜 귀신 있는 거예요. 진짜."

우리끼리만 아는 귀신 타령을 해대고 있으니 이상하게도 아무것도 무서울 것이 없었다.

그렇게 페스티벌이 무사히 끝이 나고 타월 사건도 사람들에게서 잊힐 즈음 사무실로 전화 한 통이 걸려왔다. 페스티벌에 참가했던 한 밴드의 관계자였다. 모자 타월을 두르고 다니는 사람들을 보고 수소문을 해서 연락했다고 했다. 밴드의 멤버가 모자 타월을 보고 마음에 들어 단독 콘서트 굿즈로 만들고 싶어했다고. 사고의 횟수를 셀 수조차 없던 바로 그 모자 타월을. 전화를 받은 상사는 바로 거절했고, 딱 한마디를 남겼다.

"진아, 뱀파이어 위켄드 알아? 타월 예뻤나 보네."

20대 시절 페스티벌을 다니던 바로 그때, 일부러 공연을 보러 갔던 바로 그 밴드였다니. 나는 아주 멋진 시트콤 엔딩 장면 속 노주현 아저씨처럼 울듯이 웃었다. 귀신 타령을 하며 수습해 준 사장님과, 유일하게 칭찬해 준 뱀파이어 위켄드. 회사 안에서는 받지 못했던 위안이 밖에서는 도가 지나쳐 버렸다.

제멋대로 그린
하트도 하트

　오전부터 급한 일을 처리하고, 처리하지 못한 일을 찡그리며 바라보다가 벌떡 일어났다. 이럴 때는 일단 몸을 움직이는 일을 하면서 마음을 가다듬는 편이 좋다. 당장 피를 끓게 할 케이팝 플레이리스트를 틀고, 움직이는 대로 줄어드는 일을 바라보면서 바쁘게 몸을 움직였다. 모처럼 자연스럽게 돌아가는 긍정적인 회로에 스스로 조금 놀랐다.

　작업실 방에서 나와 복도에 있는 선반 앞에 서서 지류 제품 포장지를 찾고 있는데 마치 이때다 싶다는 듯이 핸드폰이 요란하게 울렸다. 핸드폰 화면에는 "우리 엄마"라는 글자가 지나가고 있었다. 중복으로 전화번호를 저장한 바람에 우리 엄마, 우리 엄마, 우리 엄마 세 개의 발신이 동시에 도착해서 그런지 정신이 더 없었다. 이 시간에 왜지? 전화를 받자마자 내가 딱 싫어하는 상황이 펼쳐졌다. "여보세요" 하자마자 도착한 첫마디.

"너 밥 먹어야 하잖아."

이미 엄마 혼자 계산해 둔 상황이 커다란 돗자리처럼 펼쳐지는 순간이었다.

"…… 밥, 먹어야 하지. 이따가 점.심.에."

"그러니까. 지금 반찬 다 했거든? 갖다 줄게."

요지는 이러했다. 반찬을 만들었으니 당장 차를 타고 출발해서 가져다준다는 말이었다. 엄마 집과 내 작업실은 차로 금방이다. 아무리 막혀도 15분이면 도착하는 거리. 출발 직전이었고, 막 만든 반찬은 아마도 엄마의 집 현관에서 출발 신호를 기다리고 있는 듯했다.

나의 평소 일과는 대략 이러했다. 8시 30분에 기상해서 씻고, 아침으로는 빵과 샐러드, 계란, 과일, 커피를 먹고, 10시쯤 출근하면 12시 35분까지 일을 하다가, 밖에 나가 점심을 사 먹는 것이 최근 정해진 일과였다. 자칫 느슨해 보이는 루틴일지는 몰라도 내 몸과 마음에는 파릇파릇하게 뿌리를 내리고 있었다. 엄마는 그런 나의 오전 루틴에 스마일 모양으로 구멍을 뻥뻥 뻐옹 뚫으며 고개를 내밀었다. 그 구멍은 늘상 깔끔하게 뚫릴 일 없고 쭈욱 늘어나 있다.

간단하게 말하면 짜증이 났다. 그 이유는 한 개가 아니었고 몇 개나 있었는데 저마다 뚜렷했다. 우선은 점심시간까지는 아무 생각도 안 하고 몸을 움직이려던 계획에 실패했기 때문이고, 당장 오겠다고 말하는 엄마의 연락에 환영할 수 없을 만큼 바쁜 오늘이 너무 싫었기 때문이기도 했다. 어제 연락했다면 엄마와 만나는 일정을 앞세워서 미리 일을 처리할 수도 있었고, 그런 오늘을 만들었다면 웃으며 엄마를 맞이할 수도 있었을 텐데 하면서.

나는 어릴 때부터 내가 뜬 밥숟가락에 엄마가 반찬을 올려 주는 것을 극도로 싫어했다. 누군가로 인해 갑작스럽게 나의 작은 일과가 정해진다는 것은 내게는 꽤 뾰족한 스트레스로 작용해 왔다. 사실 아침부터 내 마음대로 되지 않는 일 때문에 짜증이 난 것이 엄마의 한마디로 열이 받아 버린 것뿐이었다.

됐고, 반찬만 갖다주고 엄마는 바로 올 테니까 너는 그냥 먹기만 하면 돼, 어차피 점심을 먹을 거잖아, 남은 반찬은 작업실에 두든지 집에 가져가든지, 들고 가면 그만이잖아.

엄마는 그렇게 출발 신호를 알렸고, 전화는 끊어졌다.

전화를 끊자마자 나는 주저앉으면서 "으아아아아!" 소리를 냈다. 두 손으로 바닥을 잡으며 최근의 걱정거리와 스트레스가 "얍! 얍!" 귀여운 기합 소리를 내며 합체를 하기 시작했고, 짜증이 거대하게 몰려왔다. 엄마는 왜 여전히 이렇게나 제멋대로일까. 왜 이렇게 매번 마음대로 정하는 거지? 엄마가 그린 오늘의 하트는 너무나 멋대로이고 삐죽삐죽해서 하트 모양이 아니야! 딸로 태어난 이상 늙어 죽어도 딸이구나 싶었다. 마흔에 다가가는 딸내미의 못난 마음이 딱 그 모양인 줄도 모른 채로 얼굴은 점점 벌게지고 있었다.

주저앉은 김에 가만히 앉아서 마음을 가다듬어 보았다. 그러자 또 가다듬어졌다. 기시감이 들었기 때문인데, 어떤 일에 대해서는 미리 정해 두기 싫어하고 당일에 즉흥적으로 발현이 되는 나의 모습도 욕 먹기 십상이라고 종종 생각해 온 나였다. 오늘의 엄마는 어쩌면 나다. 아니 그것도 그렇고, 내가 엄마가 된다면 딱 그려졌을 나의 모습이기도 했다. 그렇게 생각하니 아주 빠르게 이해가 되는 것은 왜일까.

엄마는 어제 나한테 연락해서 말하고 싶었을지도 모르지만 그냥 당일 점심 직전에 말한 것뿐이다. 어쩌면 나라는 딸이 그래야만 먹히는 딸이기 때문일지도 모르고, 엄마는 오늘 그냥 이러고 싶었던 것뿐이라면. 내일이면 딸내미를 떠올리자마자 '에휴 됐다 그래' 하며 반찬을 주기 싫어질지도 몰라 조금 몸을 사린 거라면.

얼마 뒤 나는 짜증 내던 마음과는 완전히 반대로 아주 잠잠한 상태가 되었다. 언제나처럼 엄마 얼굴에 대고 짜증을 내어 버린다면 결국 울게 되는 것은 누구지요? 쭈그려 앉은 나한테 묻기 시작하자 대답이 술술 나왔다. 저요.

메시지 창을 열어서 "엄마, 아까는 짜증 내서 죄송해요" 하며 문자로만 점잖은 사과를 보내는 그 꼴을 되풀이하는 것은 시간문제였다. 이제는 그것을 알기에 엄마와 더불어 나를 위해서라도 짜증은 제발 내지 말아 달라고, 내가 나에게 부탁하기 시작했다. 나는 이럴 때면 거울을 보기 위해 화장실로 향한다. 짜증 낼 자격이 없는 애 앞에 서고 싶어서.

마음이 꼭 맞지 아니하여 발칵 역정을 내는 짓을 짜증이라고 하는데, 정리된 내 마음은 더 이상 짜증에 가깝지 않았다. 신경질도 더는 나지 않았다. 거울로 마주한 나는 엄마를 바라보고 있었고, 한참 뒤의 나를 바라보고 있었다. 엄마와 나를 슬프게 하지 말자. 엄마가 그린 사랑, 어쩌면 아이가 있었다면 내가 그릴지도 몰랐을 그 사랑. 서툴게만 그렸을 하트 모양. 아이를 낳지는 못하겠지만 그 사랑을 알아 두자고.

몇 분 후 도착한 엄마한테 "엄마, 오는 것 좀 미리 알려 줘" 하고 말을 던졌지만, 돌아온 말은 여전히 쭈욱 늘어진 스마일 모양을 하고 있었다.

"말? 하고 왔잖아."

"그러니까, 전날에 미리 말하면 같이 맛있는 거라도 먹으러 갈 수 있잖아."

"엄마 어차피 친구네 집에 가야 해. 바로 갈 거야."

괜히 급하게 구는 엄마한테 커피 한 잔을 내려 주면서 근황 보따리를 풀어 놓았다. 엄마가 좋아하는 나의 동거인이 최근에 다리가 부러진 일화, 키키 건강검진을 했는데 노화 때문에 결과가 그다지 좋지 않은 이야기, 최근에 선물로 받은 과자 상자에 대한 설명 등등. 웃어져서 웃는 표정으로, 쉽게 짜증 내던 버릇은 아예 잃어버렸다는 듯이 조잘거렸다.

제멋대로 그린 하트도 하트는 하트. 내가 모르는 모양의 하트들이 얼마나 있는지, 받을 하트들이 얼마만큼 남아 있는지는 알 수 없다는 것을 그려 본다. 엄마는 친구를 만나야 한다고 금방 가 버렸고, 12시 35분은 금방 찾아왔다. 둥근 접시에 엄마식 백반을 하트 모양으로 차려 먹었던 점심밥은 평소답지 않게 너무 든든해서 씩씩한 기운이 자라날 것 같았다.

이날 저녁에 동거인에게 말했다.

"나 그래도 오늘 엄마한테 짜증 안 냈다."

"짜증? 아니야, 너 짜증 냈어."

"아니, 엄마한테는 안 냈잖아."

"그건 그랬지."

다음에는 전화를 끊고서도 짜증을 내지 말아야겠다고 속으로만 다짐했다.

'왜'가 필요하지
않은 일

　세 번째 단행본이 출간된 직후에 타 출판사에서 메일이 왔다. 곧 출간 예정인 책이 있어서 콜라보 홍보 콘텐츠 제작을 제안한다는 내용이었다. 말이 낯설어서 메일을 자세히 들여다보았다. 요약하자면 이러했다. 당사에서 곧 나올 책의 저자와 내가, 서로의 도서를 소개하는 네 컷 만화와, 서로의 신간 도서 표지를 패러디해 그려서, 각자의 SNS에 게재하여, 서로를 홍보함. 반응이 좋은 경우 콜라보 그림을 증정용으로 소량 제작하며 배포함. 낯선 제안과 내용이 여전히 잘 이해가 되지 않아서 거듭 읽고 또 읽었다. 이해에 필요한 내용이 빠져 있었기 때문이다.

일을 의뢰받으면 우선 '왜'를 앞세운다. 왜 해야 하는가. 그저 하고 싶다는 이유만으로 승낙하기도 하지만, 아무리 생각해도 움직이고 싶지 않다는 결론이 나오는 일도 있다. 어떤 일의 경우에는 '왜?'라는 물음표가 기운이 없는 모양으로 지어질 때가 있는데, 이번 물음표가 그랬다.

결국 책을 낸 저자들끼리 무보수로 그림을 더 그려야 하는구나. 이 생각이 모니터를 가로막은 채 나를 향하고 있었다. 책에 들어갈 그림을 그렇게 많이 그렸는데도 또 그려야 하는구나. 양자 간 상호 시너지도, 서로의 SNS 계정의 팔로우 수가 증가하는 시너지도 내게는 무의미했다. 즐겁게 부푼 마음으로 힘을 내기에 내 에너지는 너무나 바닥이었다.

이런 제안은 처음이었기에 기준은 없었지만, 메일을 읽자마자 대답은 이미 정해져 있었다. 홍보를 위해 새로운 만화와 그림 작업을 의뢰하는 일 또한 작업비를 제시해야 한다. 작업비 예산이 없다면 이에 대해 없음이라고 명시하는 것이 온당하다. 나의 SNS 계정을 일의 용도만으로는 쓰고 있지 않기에 콜라보 홍보물을 업로드할 수 없고, 그렇기에 나는 귀사의 마케팅 방식에 부합하지 않는 사람이라고 메일을 보냈다. 답장은 오지 않았다. 예상은 했지만 씁쓸한 것은 사실이다. 하지만 이날은 그간 나도 모르게 지켜 온 것이 있었다는 것을 알게 된 날이기도 했다.

무보수라는 기준을 깔아 둔 찔러 보기는 제안이 될 수 없다. 아무렇지 않게 그저 애쓰고 싶은 에너지는 비축해 두고 싶다. '왜'가 필요하지 않은 일에 맑은 에너지를 쓸 수 있도록.

일을 사랑하는 방식

　'일을 왜 사랑해야 하는데?' 묻는 사람이 있다면 나는 아마 그 자리에서 입을 꾹 다물고 그저 웃음으로 마침표를 달게 되지 않을까. 무슨 사랑까지 해. 일은 그냥 하는 거지. 그것도 맞는 것이 '사랑'이라는 단어를 굳이 내가 매일 마주하는 '일'에 가져오고 싶지는 않을 테니까.

　만약 그냥 하게 된 일이 있다면 그 안에는 수많은 방식의 사랑이 녹아 있는데, 그런 것이 사랑인 줄 모른 채 우리는 살아간다. 그냥 하게 되기까지는 지난할지라도 집요하게 일구어 낸 시간이 있다. 사랑이라는 것이 단지 좋아 죽거나, 없으면 안 되거나, 절절하기만 한 무엇일까. 무엇을 아낄지, 어떤 면을 귀중히 여길지, 어떻게 즐거울지를 안다는 것이 바로 사랑이 아닐까. 매일 게으른 나와 싸우면서도 나는 내 일을 해내고 싶다. 이는 나와 내 일을 소중히 여기는 과정이기도 하다. 그리고 이 또한 일종의 사랑이 된다.

일본 도쿄에서 그림 작가로 활동하는 친구를 따라 전시를 보러 간 날, 마침 다른 작가들도 모여들면서 자연스럽게 대화를 나누었다. 그중 한 명은 출판물에 들어갈 삽화나 표지 작업을 주로 하고 있다고 했다. 각자의 나라에서 비슷한 일을 하는 사람으로서 뾰족한 이야기를 나눌 때면 모처럼 즐겁다. 어디를 가나 똑같구나, 여기도 다르지 않구나, 역시 이 일만으로는 힘든 것이 맞구나 하며 얄팍한 위로를 받을 때면 잠시나마 거슬림조차 즐기며 웃게 된다. 그러던 중 예상하지 못한 말을 들었다.

"나는 책에 띠지가 있는 게 정말 싫어."

일본어를 배우더라도 책을 두르는 종이를 뜻하는 단어까지 알기란 쉽지 않다. 비슷한 일을 하는 사람과 대화를 하다 보니 띠지라는 단어가 자연스럽게 나온다. 처음 듣는 단어라서 물음표를 띄웠더니 책 하나를 꺼내며 친절하게 설명해 주었다. 내가 작업한 책은 띠지가 있는 것도 있고 없는 것도 있다고 말했더니 투정 비슷한 어투로 말을 이었다.

"좋겠다. 내가 작업한 책은 꼭 띠지가 있어야 하는 것이라서 매번 그림이 가려져."

나는 단 한 번도 생각해 보지 않았던 일이었다. 애써 그린 그림이 띠지에 가려져 늘 속상하다니. 띠지가 있다면 책이 가려질 수밖에 없다. 일부러 책을 가리려고 만든 종이는 아니지만, 표지에 넣지 않았지만 홍보하고 싶은 문구를 넣기 용이하기에 더해질 때가 많다.

표지 작업의 경우 출간 직전에 표지 펼침면 파일을 받고 확인하더라도 띠지의 유무까지는 알 수 없다. 띠지가 있을 때의 펼침면과 없을 때의 펼침면 모두를 보여 주는 곳도 있지만 띠지 정도는 출간 후에 책을 받아 보고 나서야 확인할 때가 많다. 있는 줄 몰랐던 띠지가 있다고 해서 표지 그림이 가려진다고 생각한 적은 단 한 번도 없었다.

다시 내 자리로 돌아와 작업실에 출근한 날, 그간 작업한 책들을 다시 꺼냈다. 띠지가 있는 것도 있고 없는 것도 많았다. 띠지가 있어서 표지 그림이 가려지기는 했지만 어떤 책은 가려졌을 때의 분위기까지 염두에 둔 듯이 띠지의 위아래 폭이나 색감이나 재질이 책과 잘 어우러졌고, 띠지를 벗기면 오히려 조금 밋밋해 보이기까지 했다.

띠지가 있을 때의 분위기를 조화롭게 보는 나와, 띠지를 아쉬워하며 그림을 바라보는 그. 비슷한 일을 하면서도 일을 사랑하는 방식은 얼마나 다르고 또 그 다른 지점은 각자의 작업에서 얼마나 중요한지. 그는 아마도 띠지로 가려졌을 때와 띠지를 벗겼을 때의 경우를 모두 생각하며 표지 그림의 구도를 잡아 가지 않을까. 일에 대한 투정이 생길 때면 덜 신경 쓸 나를 위한 방향이 생기기 마련이다.

작업한 일 중 제일 아쉬웠던 표지 작업이 떠올랐다. 표지와 내지 그림을 작업하며 나름의 애정을 갖게 된 캐릭터가 있었다. 책 안에서 화자의 얼굴을 맡게 될 캐릭터. 출간 후 작업실에 도착한 책을 꺼내들자마자 얼굴이 한쪽으로 갸울어졌다. 내가 그린 그림이지만 내가 그린 얼굴이 아니었다. 내가 그린 선은 맞았지만 눈, 코, 입의 위치가 조금씩 달라져 다른 얼굴로 변해 있었다. 나는 곧장 작업 파일을 열어 원래의 표정과 책 속 표정을 비교해 보았고, 입의 위치가 달라진 것을 확인했다.

들고 있던 책을 바닥에 내려놓고 '최종'이라는 단어를 떠올렸다. 이것은 내가 몰랐던 최종이었다. 표지와 내지에 참여하는 그림을 그릴 때는 떠나보내는 마음으로 작업을 하는 편이라 띠지로 가려지거나 색감이 변하거나 위치나 사이즈가 바뀌거나 하는 일에는 얼마든지 익숙하다. 아무리 그래도 그림 표정이 달라진 것은 처음이라 당혹스러운 것은 사실이었다. 그래서 기분이 나쁜 것인가 싶었는데 그것은 또 아니었다.

아무리 담백한 그림이더라도 미묘한 표정에 따라 인상이 달라진다고 생각하고 있고, 실제로도 그렇게 느끼기에 눈, 코, 입의 위치를 잡는 작업에 꽤 시간을 쓰는 편이다. 그것은 일을 할 때는 막상 몰랐던, 내가 일을 사랑하는 방식 중 하나였다.

그런 사랑이 담긴 일은 어쩌면 수없이 많다. 그림 시안에 왜 이런 그림을 그렸는지 짧게나마 작업 설명을 달아 두는 일, 보내는 메일에 일에 대한 상세한 사항과 메일 뒤에 사람이 있다는 온기를 적절히 드러내는 일, 기왕이면 첫 스케치에서 느낀 좋은 분위기를 끝까지 살리려는 일. 띠지로 표지 그림이 가려지는 것은 괜찮지만 책 속에서 엉뚱한 곳에 삽화가 덩그러니 있을 때는 신경이 쓰인다. 읽는 사람을 기준으로 글과 삽화가 잘 자리 잡아야 한다. 지난하게만 느껴지던 과정 속에는 나의 진심이 모른 척 들어 있다.

　내 일을 나부터 존중하려면 일을 사랑하는 방식이 무엇인지 알아 두는 것이 필요하다. 일은 그냥 해야 하는 것이지만 그냥 하게 되기까지는 그간 내가 고르게 만들어 둔 길이 있고, 일 속에서 싹트는 투정에는 사실 일을 좋아하고 싶은 마음이 서려 있다. 저마다 일을 사랑하는 방식 또한 얼마나 다를 수 있는지를 이해하는 것 또한 필요하다. 일을 하는 우리는 일 안쪽에 자리한 각자의 사랑을 알아두어야 하지 않을까. 나는 생긴 대로 일해. 사랑이 생긴 대로.

꼼꼼하게
좋아해 주기

여행 에세이 『아직, 도쿄』의 표지 시안을 받던 날이 아직도 선명하다. 그저 지금 해야 할 것을 하나하나 하다 보니 어느덧 책이 될 준비를 마친 날. 좀처럼 마음이 가라앉지 않아서 일부러 파일을 열어 보지 않던 그 몇 초까지도 여태 생생히 그려진다.

완전 원고 마감 후에는 기다림의 시간과, 거듭 읽고 확인하는 교정 과정이 남아 있다. 컴퓨터 파일로 보낸 판판한 그림들이 책이라는 사물 안에 담겨 하나의 물성이 된다는 것은 겪을 때마다 감탄스러운 일. 출판사의 여러 전문가들이 이 일을 해낸다. 할 수 있는 만큼 끝까지 열심히 만든 원고는 이미 내 손을 떠났고, 책의 꼴이나 본문 디자인, 원하는 표지의 느낌 등을 전한 후에는 설레기도 긴장되기도 한 마음으로 다음 단계를 기다린다.

어떤 표지가 올지는 알 수가 없다. 책의 형태를 만드는 일과 책 속에 들어갈 요소를 만드는 일 모두 하고 있어서 그런지 표지와 내지를 확인하는 단계에서 불필요할 정도로 마음을 쏟는다. 그런 마음으로 맞이한 첫 표지 시안의 첫인상은 걱정과 달리 환했다. '내가 정말 책을 만들었구나' 하는 한 줄이 모니터에 함께 보이는 순간. 내 이야기가 나에게 인사를 건네는, 찰나의 반짝이는 순간이다.

기획하고 편집하는 편집자, 책이라는 물성으로 가꾸는 디자이너, 저자인 나, 그리고 책을 세상에 선보일 마케터. 이렇게 각자의 위치에서 모두 합심하여 하나의 표지 시안을 정한다. 표지가 정해지면 표지 펼침 시안을 받는다. 펼침 파일은 표지에 쓰일 종이에 앞표지와 뒤표지, 책등과 날개 모두 들어간 하나의 파일이다. 책을 펼친 후 책상 위에 뒤집어 놓고 겉의 종이를 펼쳐보면 딱 이 모양이 나온다. 인쇄 데이터와 동일한, 표지 인쇄 종이에 몽땅 함께 인쇄가 되는 부분이 모두

보인다.

이제는 들뜬 마음을 적당히 사용하며 냉철하게 살펴보아야 하는 때인데, 내 기분은 자꾸만 히죽히죽거리기만 했다. 좋은 점들이 먼저 인사를 건네 왔다. 두꺼운 책등에 그림이 안정적으로 들어가 있는 것도 귀엽고, 표지로 채택된 그림도 탁월하기만 하고, 제목에 쓴 서체도 군데군데 사용한 그림도 좋기만 했다. 게다가 표지 그림에는 분홍색 채색이, 책등의 그림에는 하늘색 채색이 된 것이 내 마음을 울렸다. 심지어는 책날개에 인쇄되는 다른 책 광고(보통 같은 출판사에서 직전에 나온 책을 홍보하는 편)까지도 좋았다. 표지의 온갖 요소들이 한데 모이니 서로서로 조화를 이루었다.

메일 답장에 할 말은 딱 하나였다. 좋다! 그리고 왜 좋은지를 신나게 써서 답장을 보냈다. 히죽히죽 신난 내 반응이 가장 정확한 피드백이었기에. 다음 날 아침, 나의 신난 메일에 대한 답장이 빠르게 도착했다. 메일 말미에 이런 인사가 적혀 있었다.

"이렇게 꼼꼼하게 좋아해 주는 것이 얼마나 큰 기쁨인지를 배웁니다."

그림 외주 작업을 꾸준히 해 오며 가장 받고 싶었던 반응을 어쩌면 내 쪽에서 피워 낸 것일까. 사사로운 감정, 좋은 부분을 앞세우며 전달하는 것은 마치 일 외적인 전달처럼 느껴진다. 피드백에서 가장 선행해야 하는 것은 마음에 드는 부분에 대한 표현인지도 모른다. 피드백을 할 때면 더 좋을 수 있는 방향을 말해 주어야 할 것 같은 마음이 든다. 그저 내 반응을 보여 주면 되는 순서인데도.

삽화 작업을 한 책의 저자 분에게 메시지를 받은 적이 있다. 그는 좋은 그림을 선사해 주어 고맙다는 말과 함께 "곁에 자주 붙어 있는 개미 캐릭터가 좋았어요!"라고 했다. 나름 의미를 가지고 넣은 그림이지만 아무도 알아주지 않아도 상관없었던 부분. 그렇게 지나간 작은 부분을 누군가 좋다고 말해 줄 때, 다음 작업을 이어 갈 힘을 얻는다.

담백하게 끝나는 일이 작업자인 내게 좋기만 하지 않은 것은 내가 나에게 배우는 기회가 없기 때문이기도 하다. 아쉬운 점을 말해 주듯이 무엇이 좋은지, 왜 좋은지에 대해서도 말해 주면 좋겠다. 그런 계기로 일 앞에 모인 서로가 조금씩 앞으로 나아갈 것이다. 잠시나마 공통된 일을 하는 동안 분명한 싹 하나를 건넬 때 나 또한 싹 하나를 만나게 된다. 타인의 취향으로 나의 범위가 넓어진다.

좋아해 주는 것이 얼마나 큰 기쁨인지 배운다는 편집자 님의 답장에 나 또한 배웠다. 꼼꼼하게 좋아하고 표현하는 일은 이 일을 이어 가는 데 필요한 중요한 마음 중 하나다.

'이제'보다 '아직'

나의 첫 책 『빵 고르듯 살고 싶다』를 한참 준비하던 시기를 떠올리면 한 카페의 주방으로 이동한다. 당시 나는 카페에서 아르바이트를 하고 있었다. 오전에 카페로 출근하고 손님이 없는 시간이면 책의 표지 시안을 고르거나 저자 교정을 보는 일을 짬짬이 했다. 그래서인지 책 표지를 빤히 보거나 어떤 문장을 다시 읽으면 카페 안의 좁은 자리가 떠오른다.

얼마 뒤 책이 출간된 후에 카페를 그만두었다. 책을 냈기 때문이 아니었다. 오래 다닐 이유를 더 이상 찾지 못했기 때문이다. 같은 시기에 갑자기 카페에서 제공

받던 식대가 없어졌다. 사장님은 내게 카페 운영이 너무 힘들다는 말을 자주 했고, 다른 시간대의 직원이 밥을 안 먹고 출근해서 식대가 아깝다고도 했다. 나는 무슨 말을 해야 할지 몰라 잠잠히 서 있었다. '됐고요 사장님, 담배를 피우고 나면 손을 씻고 프라이팬을 잡았으면 좋겠어요' 하고 말을 할까 속으로만 생각하면서.

식대가 있더라도 집에서 밥을 먹고 와야 하는 것이 아니냐는 말을 나는 도무지 이해할 수 없었다. 나는 꼭 내게 하는 말 같아서 침을 삼키며 마음을 꾹꾹 눌렀다. 그리고 원래 받던 식대를 오히려 더 꼬박꼬박 쓰자고 마음먹었다. 모두 비슷했는지 식대를 빠짐없이 썼고, 얼마 뒤 보란 듯이 식대 제공이 사라져 버렸다.

대놓고 식대를 없애기에는 큰 용기가 필요했을 것이다. 하지만 사람은 생각보다 쉽게 나빠진다. 돈은 사람을 갑자기 저편으로 보내 버린다. 나는 먹어 보았자 근처 빵집에서 빵 두 봉지를 먹었을 뿐이다. 식대를 쓰지 못하는 날을 단 하루도 겪기 싫다는 마음으로 버터를 싹둑 자르듯 카페를 그만두었다.

그 시기에 지인과의 만남에서 들은 말 또한 내 주변에 한참을 머물렀다.

"책이 나왔으니 이제 카페 아르바이트 안 해도 되겠

네요."

상대의 말은 아직도 이렇게나 또렷하게 남아 있는데, 내 대답은 이상하게도 버려진 솜처럼 흐릿하게만 남아 있다. 카페 아르바이트를 한다고 하면 의외라는 반응이 내게 쉬이 도착했다. "카페에서 왜 일을 하나요?" 하고 묻는 말에 뭐라 대답해야 할지 몰라 둘러댔다. 왜냐고 물었을 때 단번에 대답을 해야 한다면 물론 "정기적인 수입이 필요해서" 말고는 없었다.

책이 나왔다는 소식에도 여전히 이 시선이 존재했다. 내가 당한 부당함이나, 카페 일을 꾸준히 하며 모르던 것을 접하고 싶던 내 마음은 그 시선에 끼어들 필요조차 없게 느껴졌다. 카페 일뿐만 아니라 그 어떤 일이든 '언제라도 하면 한다'의 마음으로 대했던 나였지만, 세상의 시선은 그렇지 않았다. 애초에 긴 회사 생활을 한 후에 카페 아르바이트를 시작하면서 카페 일을 좋아하게 된 터라 '이제'라는 말을 갖다 붙이기에는 아무래도 이상했다.

'이제 ~하니까 ~해야지.'

'이제 ~하니까 ~는 안 해야지.'

무엇을 깔볼지를 정한 사람이 할 수 있는 말이 아닐까. 책이 나왔으니 이제 카페 아르바이트 안 해도 되겠다는 말은, 카페 아르바이트생의 식대가 아깝다는 말과 크게 다르지 않았다.

에세이집을 몇 권 출간하고 꾸준히 출판사와 일하고 있어서 그런지 내 주변에는 또 하나의 시선 하나가 생겨 있었다. 더 이상 독립 출판물을 내지 않는 사람이 된 것만 같았다. 하지만 나는 회사 시절에 처음 선보인 작은 종이 책을 '독립 출판물'이라는 명칭으로 생각하지 않았다. 그저 종이 위에 표현하기를 좋아하는 사람의 자국이었다.

회사를 나와서도 마음에 드는 종이를 골라 책이나 포스터, 엽서나 스티커를 꾸준히 만들었다. 개인이 만든 독립 출판물이 대형 출판사를 만나 단행본이 되는 경우가 많아서인지 독립 출판물은 마치 단행본의 전 단계가 되어 버린 듯하다. 긴 흐름으로 이어 갈 수 있는 이야기였다면, 독립 출판물로 개인의 이야기가 발견된 것이라면 너무나 좋은 일이 분명하다. 하지만 무언가의 전 단계가 아니라는 것을, 출판사에서 내 책을 내 주지 않으니 혼자 만드는 것이 아니라는 것을, 적어도 혼자서 책 한 권이나 작은 포스터 한 장을 만들기로 작정하고 움직여 본 사람이라면 알 것이다.

지난날과 지금은 완전히 다르지만 내 안에 이어 오

던 마음의 흐름이 연속되지 않은 것은 아니다. 무엇이든 할 수 있는 내가 있기에 많은 것 앞에서 '아직'인 사람으로 지내고 싶다. 이제 ~하지 않겠다는 마음은 내 안에서 전혀 다른 기준으로 정하면서. ~하는 사람을 보고 쉽게 판단하지 않으면서 말이다.

나중에 도착한 위로

친구와 만나고 집에 돌아온 밤, 양치질을 하다가 내 눈을 바라볼 때면 눈에 힘을 주게 된다. 거울에 비치는 내 눈살이 점점 구겨진다. 그리고 다음 날, 다시 똑같이 거울 속 나를 바라보며 양치질을 하면 그제야 친구에게 해 주고 싶은 말이 고개를 내민다. 이 말을 건넸으면 좋았을걸, 그 말은 최악이었다 하면서.

마법을 자유롭게 부릴 수 있다면 아마도 이것이 아닐까. 친구가 털어놓는 순간, 깜짝할 정도로 금방 다음 날의 양치질 시간에 다녀오는 마법. 순식간에 다음 날의 거울 앞으로 갔다가 바로 다시 커피를 마시는 테이블로 돌아오는 마법 말이다. 나를 바라보는 과정도 없이, 후회라는 감정도 없이 과연 적절한 위로의 한마디가 떠오를지는 모르겠지만, 가능하다면 한번 좀 다녀오고 싶은 심정이다. 대화의 타이밍은 어째서 이렇게 짧고, 나의 마음은 왜 이리 급하기만 할까. 양치질을 할 때면 나는 번번이 과거의 테이블로 떠나고 싶어진다.

어떤 위로를 바라지 않고 한 말이겠지만, 기어코 어떤 한마디로 마음의 온도를 높이려고 급급한 나다. 그렇다면 나는 누군가에게 슬며시 고민을 털어놓을 때 무엇을 바라는가. 아프거나 슬프거나 걱정되거나 할 때면 그 일에서 벗어난 뒤에야 입을 여는 편인 나는 내 고민에 대해 쉬이 입을 여는 편이 아니기는 하다. 어떤 일은 완전히 벗어나 에피소드처럼 되었을 때 꺼내기도 하고, 또 어떤 일은 몇 년이나 지나도 마음 안에서 아직도 구정물처럼 남아 있을 때 어렵게 꺼내기도 한다. 그래서 그저 내 말을 진심으로 들어주기만 해도 고맙고, 정말 힘들었겠다 한마디면 된다. 말할 수 있음 그 자체가 내게는 위로였다.

내 기분을 달래는 것은 대체로 나였고, 내 슬픔을 누군가가 아는 것이 싫었다. 고민에 대한 위로의 단계는 싹둑 잘린 채 살아왔던 것도 같다. 그러면서 어째서 누군가의 고민을 들으면 그리 위로해 주고 싶어서 안달인 것일까. 입을 열기 어려운 삶밖에 몰라서 누군가가 털어놓는 그 모든 말을 모두 무겁게만 느끼는 것 같다. 얼마나 힘들면 이렇게 마음에 가지고 다니며 말을 할까 싶어서.

친구들과 밤늦게까지 술을 마실 때면 예전에 함께 다녔던 회사 이야기가 단골 소재로 나온다. 회사에서 만나 친구가 된 우리이지만 이제는 회사 이야기보다는 현재의 이야기를 나눈다. 하지만 가끔은 맛은 없지만 웃긴 안줏거리가 필요하다. 공통의 이야깃거리는 쉬운 웃음을 선사하며 맥주와 어울린다.

20대에 작은 회사에서 만난 우리는 서로의 적은 월급을 투명하게 알았다. 그래서일까. 이상한 연대가 우리를 꽉 감쌌다. 회사 안에서 짓는 표정만 보아도 대충 어떤 마음 상태인지 뻔히 보였고, 누구 한 명이라도 가라앉을 때면 얼른 술집으로 데려가는 관계가 되었다. 걱정이 애정이 되고, 그 사랑은 긴 우정으로 여전히 우리를 감싸고 있다.

이제는 웃을 수 있는 회사 이야기 중 하나는 월급이다. 88만 원 세대로 불리던 우리는 사회적 기업이라는 겉으로만 웃는 회사에서 표정을 잃어 갔다. 같은 월급을 받으면서도 다른 인생을 살던 우리였지만, 각자 어떤 구름 밑에서 어떻게 살아가는지에 대해서는 자주 터놓았다. 회사라는 부당한 뿌리는 우리로 하여금 힘들다는 말을 힘들지 않게 하도록 만들어 주었다. 개인의 모든 아픔을 싹싹 긁어 이야기하기란 쉽지 않지만, 적어도 그 시기의 나는 회사의 친구와 일상을 나누면서 나의 구름을 어렵지 않게 드러낼 수 있었다.

친구 한 명이 그때를 회상하면서 평소에는 꺼내지 않던 말을 했다. 당시의 나는 여전히 가난한 집과 내가 선택한 가난 사이에서 꼼짝달싹도 못 하고 하루하루 살아갔다. 아직 20대 초반이었지만 두 번째 회사였고, 여전히 월급은 적지만 집에는 꼬박꼬박 돈을 보태야만 했다. 그런 것이 당연한 줄 알았고, 지나서야 후회했다.

사정만 달랐을 뿐 우리는 같은 월급을 안고서 한 달 한 달을 겨우 살아갔다. 누군가는 월세로, 누군가는 오늘 살아갈 돈으로, 누군가는 병원비로, 누군가는 집의 생활비로. 모을 수 없는 돈을 벌기만 했다. 그랬던 2년간의 시간을 친구들은 자신의 이야기만이 아닌 내 이야기까지 기억하고 있었다. 친구들은 기억하더라도 나는 어느새 잊은 채 그때와 다른 내가 되어 살고 있었다.

각자의 삶을 살아 내면서도 타인의 삶을 지켜본다는 것은 마음을 애써 쓰는 일이다. 나만 힘들다고 생각한다면 타인의 힘든 시간은 판판하게만 여겨진다. 내가 친구들을 지켜본 것처럼 친구들도 나를 가만히 지켜보아 주었다. 친구는 그때의 나를 바라볼 때면 속상했다고 했다. 그러고는 말을 덧붙였다.

"진아가 그때 참 대단하다고 생각했어."

나는 맥주잔을 들면서 깔깔 웃다가 이내 조금 다른 표정을 지었다. 위로에 적확한 타이밍 따위는 없는 것일까. 아주아주 나중에 하는 말도 위로로 도착했다. 말을 꺼낼 수 있는 시간이었고, 그것을 위로로 들을 수 있는 지금이었다.

누군가가 기억해 주는 내가 있다는 것은, 지난 나와 지금의 내가 아무리 멀어진다고 해도 누군가의 마음에 남아 있다는 것은, 이토록이나 위로가 되는 일이었다. 우리만이 오롯이 나눌 수 있는 이야기를 평온한 표정으로 듣고 말할 수 있다는 것은 그 자체가 위로라고. 같은 길을 통과한 친구들과 웃을 수 있는 이 밤은 나를 살게 했다.

친구들과 헤어진 밤, 버스에서 내려 집까지 걸어가

는 길에 나는 아이처럼 엉엉 소리를 내서 울었다. 왜 눈물이 나는지 모르겠지만 오랜만에 목 놓아 울었다. 진아야 참 대단했어. 그 한마디가 자꾸만 나를 안아 주었다. 친구는 어떤 마법을 걸어 어디에 다녀온 것일까. 가족에게도 듣지 못했던, 내가 나한테도 하지 못했던 말이었다.

결연이 종료되었습니다

어떤 행복은 감히 상상조차 할 수 없다. 여느 때와 다름없이 일에 몰두하고 있던 한낮이었다. 문자메시지 한 통을 알리는 알림과 동시에 핸드폰을 내려다보니 두꺼운 글씨체로 적힌 제목에 바로 눈이 갔다. 대괄호 속에는 네 개의 단어가 적혀 있었다.

"포비 결연 종료 안내."

모르는 단어는 없었다. 네 단어 중에서 나를 놀라게 한 것은 "종료"였다. 포비는 내가 잘 아는 개 이름으로, 2019년에 일대일 결연을 맺은 후 내내 이어져 있던 친구다. 꾹 다문 입, 오랫동안 세상을 향해 경계해 온 표정, 반짝이는 누런 털. 결연 종료라는 말에 덜컥 겁이 났다. 나는 내 개 친구랑 결연을 취소한 적이 없는데 어떻게 종료가 된 것일까. 단번에 얼굴에 힘이 바짝 들어갔다.

"임진아 결연자 님과 결연을 맺고 있던 포비가 평생 가족을 만났습니다. 포비와의 결연은 이번 달 안에 종료가 될 예정입니다."

세상에, 이런 기쁜 이별을 할 줄은 미처 몰랐다. 나는 무너지듯 흐르는 눈물을 가만히 내버려 둔 채 소리 내어 울었다. 어째서 우리가 맺은 결연의 마침표가 이런 모양일 수도 있다고 상상조차 안 했던 것일까. 무섭게만 느껴지는 세상을 나도 모르게 어둡게만 바라본 것은 아니었을까.

동물권행동 카라를 통해 맺은 일대일 결연은 가족이 없는 동물 친구들과 이어져 있을 수 있는 제도로, 한 달에 한 번 기부하고, 그 기부금은 나의 동물 친구를 위해 온전히 쓰인다. 일대일 결연을 맺을 당시에 나는 가장 희망찬 장면보다는 그저 포비에게 하루하루를 선물할 수 있다는 것에 감사할 뿐이었다. 어렵지 않게 마음을 전하고 이어질 수 있다는 것이 감사했다. 그럴 수 있어서 그저 다행이었다. 우리에게 찾아온 이별이 이토록이나 나 혼자만 슬프고 포비는 그저 평온하기만 하다는 사실이, 이 이별의 모양이 내 쪽으로만 치우쳐 있다는 것이 너무 좋아서 나는 펑펑 울기만 했다.

많은 유기견의 현실이 그렇듯이 포비 또한 열악한 장소에서 아픈 상태로 구조되었는데, 아무런 돌봄을 받지 못한 채로 쓰레기 더미에 방치된 수많은 개들 사이에 있었다. 구조 당시 포비는 임신을 한 상태였는데, 구조 후 출산을 했지만 갓 태어난 새끼들은 포비 곁에 오래 머물지 못하고 무지개다리를 건넜다. 이후 포비는 다리 하나를 절단하는 수술을 했고, 카라에서 지내게 되었다. 유기견 중에서도 장애견은 입양의 기회가 적은 것이 현실이다. 그렇기 때문에 일대일 결연이라는 제도는 필요하고, 더 많은 결연자들이 있어야만 아이들의 하루하루가 보장된다.

내가 포비와 결연을 맺게 된 것은 카라와 출판사 문학동네가 함께 만든 책『다름 아닌 사랑과 자유』에 참여하면서부터였다. 이 책은 카라의 후원 방식 중 하나인 일대일 결연 방식을 알리기 위해 기획되었고, 책의 수익금은 결연 대상 동물들이 지내게 될 카라 더봄센터 건립과 운영을 위해 쓰였다. 책 한 권을 사면 아이들이 지낼 따뜻하고 시원한 곳이 될 보금자리에 벽돌 하나를 올리는 셈이었다. 참여한 여덟 명의 작가들은 각자 하나의 결연을 맺으며 책을 집필하기 시작했고, 그렇게 나와 포비는 친구가 되었다.

일대일 결연을 맺기 위해 아이들의 사진과 사연을 읽다 보면 마음이 이상해진다. 결국 이 과정은 결연을 맺을 친구를 '고르는' 일이 되니까. 카라 사무실에서 만난 담당자 님의 한마디가 나를 포비로 향하게 만들었다. 도움이 필요한 아이들은 많이 있기에 마음이 가는 아이와 결연을 맺으면 되지만 될 수 있다면 결연자가 적은 아이들을 더 유심히 봐 달라고 넌지시 말했다. 카라 홈페이지에서 아이들 사진과 사연과 현재까지의 소식을 상세하게 읽다 보니 상대적으로 결연자가 적은 데다가 다리 하나를 잃은 포비에게 자꾸만 마음이 갔다.

포비는 유기견이자 장애견이자 노령견이기도 했다. 포비는 포비이지만 포비에게는 많은 설명이 뒤따랐다. 입양을 통해 평생 가족으로 들일 때는 개의 나이를 따질 수밖에 없다. 개의 시간은 곧 우리가 함께할 시간이 되기 때문에. 장애견과 더불어 노령견은 우리가 함께 행복할 시간이 많지 않다는 뚜렷한 이유로 입양이 성사되지 않는다고 한다. 이별의 슬픔을 생각한다면 그 마음이 어떤지 알겠지만, 내 마음보다는 남은 날이 많지 않은 한 마리 개의 하루하루를 생각한다면 마음이 또 달라진다. 포비와 이어져 있던 3년의 시간 동안 포비는 나와는 다른 속도로 세상을 살아가고 있었다.

'늦어도 다시 한 번'이라는 이름의 가정 임시 보호 프로젝트를 기획한 카라는 노령견들에게 임시 보호라는 따뜻한 이불을 선사했다. 그렇게 맺어진 임시 보호 가정에서 지내게 된 포비는 처음으로 따뜻한 울타리에서 하루하루씩의 익숙한 겹을 두텁게 쌓아 갔다. 단지 한정적인 따뜻한 이불이 될지도 모르지만, 오늘의 평온함이 내일도 이어질 때면 개들의 표정은 분명하게 달라진다. 긴장을 내려놓을 방법을 스스로 터득하고, 경계의 불필요함은 자신만의 속도로 슬슬 없애기 시작한다. 늘 지내던 장소가 아니지만 포비에게 새로운 따뜻함은 분명한 안도를 느끼게 하지 않았을까. 내가 아는 동물 친구들은 아무리 장소가 바뀌고 잠자리가 옮겨져도 지금 당장 편안한 자세와 눕고 싶은 장소를 누구보다도 빨리 탐색하고 적응하는 존재들이다. 포비 또한 다르지 않았다.

6개월의 임시 보호 후 같은 집 같은 보호자 님이 포비의 평생 가족이 되기로 결심하며 포비와 같은 보폭으로 걷고 있다. 포비의 남은 생에 두껍고 따뜻한 이불이 보장된다는 생각에 감히 그려 보지 못했던 다행스러운 장면에 눈물이 내내 흘러내렸다. 나는 가장 다행인 부분에서 어김없이 마음이 녹아내린다. '행복'이라는 단어가 가장 완벽해지는 순간. 다행스러운 복. 가장 행복한 부분에서 울 수 있어서, 내게 그런 이별을 선사해 주어서 포비와 카라와 포비의 새로운 가족에게 얼마나 고마운지.

앉아만 있는 주제에 이렇게 행복함을 받아도 되는지 부끄럽기도 하다. 하지만 동물들과 함께 행복하고 싶은 사람이라면 부끄러움을 앞세울 필요는 없다. 씩씩하게 내가 할 수 있는 일을 그려 보며 더 많은 동물들의 앞날을 축복하면 된다.

동물이라는 존재를 사랑하면 할수록 나는 세상을 더욱 슬프게만 보기 시작했다. 슬퍼할수록 슬픔에 강해진다는 것을 이전에는 몰랐다. 슬프다는 감정이 들어찰 내 가슴만 신경 쓰느라 아예 모른 척하기 바빴다. 이제는 슬픔을 마주하는 것은 당연한 일이 되었다. 불편한 진실을 알기 위해서는 당연히 슬퍼해야 하고, 슬퍼할 줄 알기에 움직일 수 있다는 것을 이제는 안다. 카라에 모인 많은 사람들의 표정에 언제나 씩씩함이 그려져 있는 데는 이유가 있다는 것도.

좋아하는 것을 계속 좋아하기 위해서는 슬픔을 마주해야 한다. 그렇게 지속적인 마음은 희망의 길로 씩씩하게 향한다. 본 적도 없는 동물 친구들을 매일 보고 싶어 하면서, 보이지 않는 곳에서 푹신함을 잃어 가는 존재들을 뚜렷하게 그리면서. 각자의 자리에서 계속해서 마주 보기를 멈추지 않는 사람들이 우리 주변에 얼마나 많은지. 누군가는 결연을 맺고, 누군가는 임시 보호를 이어 가고 있고, 누군가는 유기견 입양을 하고, 누군가는 그럴 수 있도록 꾸준히 소식을 접하고 전한다.

포비 다음으로 꽃님이라는 친구와 일대일 결연을 맺었다. 그리고 키키와 생김새도 닮고 나이도 비슷한 카디, 용두동 도살장에서 구조된 많은 아이들까지. 여전히 일대일 결연을 이어 가고 있다. 우리가 계속해서 끈끈하게 연결되어 있도록 나의 일상을 씩씩하게 꾸리면서도 언젠가 겪게 될 포비와의 이별처럼 우리가 연결된 끈이 시원하게 끊어질 수 있기를 바라면서.

그런 이별을 희망하며 마음에 그려진 창문으로 아이들의 일상을 지켜본다. 새로 올라온 소식과 생활하는 사진에서 전과 다른 표정을 감지하고 나아짐을 확인한다. 그럴 때면 언제나 응원을 받는 쪽은 내 쪽이다. 이제는 나의 개 친구들의 선명한 행복을 마음껏 상상해 보려고 한다.

좋은 어른

책 판매 행사에서 다른 이들과 나란히 책을 팔고 있을 때면 마치 책상과 의자처럼 둘이 하나가 된 듯이 책과 내가 하나가 되어 앉아 있는 기분이 든다. 그런 광경이 펼쳐질 때면 모두 다른 사람들이 다른 이야기를 한다는 것이 도드라진다. 그 분위기 속에서 내 나이를 떠올리거나 괜히 꺼내 보인 적은 없었는데, 옆에 앉아 있던 참가자 분이 건넨 말에 내 나이가 함께 꺼내졌다.

"작가님, 작가님 나이가 되면 조금 살 만해지나요?"

예상하지 못한 질문에 허리가 빳빳하게 세워졌다.

책과 당신, 책과 나. 다른 테이블의 다른 우리. 이렇게만 보고 있던 나의 시선이 금세 고쳐졌다. 20대의 책 판매자와 30대의 책 판매자.

무언가가 되고 싶었던, 아직 무엇이 되면 좋을지 모른 채로 일단 나서던 지난날의 내 모습을 어느새 잊고 살았다. 이제는 책을 들추어만 보고 이상한 한마디를 내뱉고 가 버리는 사람들을 신경 쓰지 않게 되었지만, 10년 전의 나는 면전에서 책을 만지작거리며 상처가 되는 말만 골라서 하고 가는 사람을 마음을 다해 신경을 썼다. 나도 모르는 사이 긴 시간이 지나 있었다.

예상하지 못한 질문에 뭐라 답하면 좋을지 모르겠지만 일단 머뭇거리면 안 될 것 같다는 생각에 입을 열었다. 나이를 따지지 않고 동등하게 혹은 아무렇지 않게 바라보는 것은 꽤나 여유 있는 사람의 태도일까. 옆자리의 작업자는 나를 어떤 어른으로 바라보고 있었을까.

"여전히 살 만하지는 않지만 그래도 이제는 재미있어요."

나는 입 밖에 내버린 '여전히 살 만하지는 않다'라는 말이 곧장 마음에 걸렸다. 막막하다는 사람 앞에서 여전히 살 만하지는 않다고 해 버리다니. 종이 세상에서 여러 일을 하고 살지만 종이 세상의 일만으로는 힘든 것이 사실이다. 사실을 말해 놓고 마음에 걸리는 것은 어쩔 수 없었다. 희망적인 어른은, 어른이 되기 전 모두가 꾸는 꿈이니까.

하지만 재미가 있다는 말을 할 때는 꽉 쥔 주먹에 조금 더 힘을 주었던 것 같다. 그 힘은 말을 한 내게 곧장 전해졌다. 만드는 과정이 재미있었으니 이렇게 여기에 앉아 있다. 이렇게 앉아 있는 것이 재미있으니 시간을 쪼개서 그리 바쁘게도 살았다. 종이와 책과 관련한 일로 생계를 꾸려 가면서도 또 그 일로 즐거운 기분을 챙기고 싶다. 이 점은 10년 전 같은 책 행사에 참여했을 때의 나와는 분명히 달랐다. 살기 힘든 것이 기본 값인 이 세상에서 적어도 삶의 축을 내 쪽으로 가져오게 되었다고. 그래서 재미를 만났다고 말이다.

"그래 보여요. 많은 일을 하면서도 이렇게 가끔 진짜 만들고 싶은 책을 만드시는 거잖아요. 좋아 보여요."

손바닥에 가볍게 올라가는 얇은 여행 책과, 일본어가 가득 들어간 노래 일지를 모은 책, 책갈피와 24절기를 그린 포스터가 진열되어 있는 내 테이블을 가리키면서 하는 좋아 보인다는 말. 아무 시선을 생각하지 않고 하고 싶은 일을 끝내 챙기는 게 좋아 보인다는 말. 그는 "저도 힘내 볼게요" 하고 다시 자신의 자리로 돌아갔지만 내 자리에는 두고 간 말이 남아 있었다.

여기에서 조언을 해야 하는 것 같은 기분이 들었다면 정말로 나는 누군가의 어른이 된 채로 대화를 끝냈을 것이다. 하지만 조언을 해야 한다는 생각보다는 응원을 받았다는 기분이 들었다. 만들고 싶은 책을 만들 수 있는, 그런 시간을 쓰면서 나를 챙기는 삶을 살고 있다는 것은 꽤 살 만하다는, 스스로는 차마 하기 힘든 생각이 거기에서 자라났다.

좋은 어른이 되고 싶다는 생각이 들 때면 지나오고 있는 내 나이를 깨닫는다. 나보다 나이가 적은 사람을 신경 쓰기 시작하면서 좋은 어른이 되고 싶다는 마음을 가졌다면 그럴 필요까지 있을까. 좋은 어른은 좋은 내가 되었을 때 반짝일 수 있는 힘이 아닐까. 좋은 어른이 된다는 것은 자신의 이야기를 잃지 않고 계속 걸어가는 데서 시작하는 것이 아닐까. 좋은 어른이 되기 위해 말을 고르지 않고, 좋은 어른으로 보이려고 애써 당당한 표정을 짓지 않고, 계속해서 나와 가까워지는 삶을 살아 낼 때 나도 모르게 누군가에게 좋은 어른으로서 존재하는 것이 아닐까.

내가 좋아하는 어른들을 떠올려 보면 그런 얼굴을

하고 있다. 금방 떠오르는 사람들의 얼굴은 대체로 자신을 알고 지내는 얼굴들이다. 어느 나이에 서 있더라도 금방 뛰어나가 놀 것 같은 기운이 느껴진다. 남을 시기하는 감정을 일의 원동력으로 삼지 않을 줄 안다. 하루하루 살아가면 갈수록 타인보다 나의 눈으로 나를 보는 사람. 나는 그런 어른들을 좋아한다. 어린 시절만의 생기를 자신의 방에 수납한 채로 외출하는 사람을.

나이가 들어가며 하고 싶은 말이 많아진다는 것이 간혹 무섭기도 하다. 그 하고 싶다는 이야기가 온전히 내게서 번져 온 것인가, 혹은 내 생각과 다른 주변의 무언가를 향한 때늦은 참견에 해당하는 것인가 묻는다면 대답할 수 있을까. 나의 세상과 나의 하루에 꾸준히 말을 걸면서 지금 할 수 있는 말을 쏟아내고 싶다. 다 자란 사람이 된다 해도 자라던 때의 나를 잊기란 어렵다. 그저 나만 아는 한 생을 고스란히 안고서 즐겁게만 살아가야지. 그래서 다음에도 어떤 내가 되고 싶은지, 무엇을 계속 하고 싶은지 알고 싶어 해야지. 누가 나를 신경 쓰든 말든 상관 말고서.

나에게 좋은 사람이 되면 좋은 어른을 보고 싶은 누군가에게 잠시나마 반짝일 수 있지 않을까. 10년 후에 누군가가 나에게 살 만하냐고 묻는다면 이제서야 살 만하다고 대답할 수 있는 하루를 살고 있기를.

좋은 어른

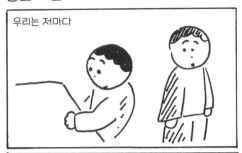

우리는 저마다

자신이 듣기 싫은 말이
무엇인지 알고 있다.

그 말만 내뱉지 않아도

우리는 좋은 어른이 될 수 있다.

타인에게도 나에게도 좋은 사람이.

에필로그

    무엇을 쓰면 좋을까. 속마음 말풍선을 떠올리기 전에 무엇을 쓰면 좋을 것 같다는 대화 말풍선이 저에게 먼저 도착하는 편입니다. 글을 쓰는 사람에게는 얼마나 감사한 일인지 모릅니다. 미리 상상하며 그려 주는 이가 있다는 것이요. 이 책은 '예의에 관한 책을 만들고 싶습니다'라는 말풍선이 든 메일로부터 시작되었습니다. 예의와 매너, 존중과 사랑을 떠올리며 글을 쓰다 보니 잊은 줄만 알았던 일화들이 서둘러 떠올랐고, 좋은 대화와 적당한 간격의 경험이 있다면 그 반대의 경험 또한 마음에 남아 있었습니다. 그렇게 모은 이야기들은 어느덧 다음 계절의 길목에 "듣기 좋은 말 하기 싫은 말"이라는 제목으로 서 있더라고요. 저에게 예의라는 단어를 던져 준 동연 님이 손수 매듭을 지어 준 제목입니다.

　제목을 정해야 할 무렵에 각자 생각한 제목을 들고 만나 우선 맥주를 마셨습니다. 몇 잔을 비웠을까요. 살며시 건네신 제목 후보로 '듣기 좋은 말 듣기 싫은 말'이 등장했을 때 눈이 동그래졌습니다. 듣기 좋은 말이 있다면 듣기 싫은 말이 있다는, 너무나 내 마음과도 같은 제목이었지요. 이것이다 싶어서 한 표를 던지며 "듣기 좋은 말 하기 싫은 말은 어떨까요?" 하고 대화를 이어 갔습니다. 제목은 천천히 생각해 보자고 일단락을 지은 채 눈앞의 맥주와 제철 안주에 마음을 쓰기 바빴지요. 잠깐 화장실에 다녀온 동연 님은 대뜸 의자에 다 앉기 전에 다시 제목 이야기를 꺼냈습니다. "듣기 좋은 말 듣기 싫은 말이라는 제목을 듣고, 듣기 좋은 말 하기 싫은 말을 떠올리다니. 어떻게 그럴 수 있죠?" 지나간 말을 다시 테이블 위에 올려 두는 순간이었습니다. 듣기 싫은 말과 하기 싫은 말은 큰 차이가 있습니다. 듣기 좋은 말 하기 싫은 말에는, 자신의 몫만 우선 이야기하면 좋겠다는 마음이 담겨 있으니까요. 이 제목이 우리의 책에 더 어울린다는 것을 모두가 끄덕인다는 것은 기쁜 일이었어요.

책을 만드는 과정에는 깊은 고민과 분명한 기쁨이 있습니다. 저는 지금도 종종 이날의 박자를 그립니다. 오래 간직하고 싶은 대화의 박자라는 생각이 들어서요. 생각하고, 주저하고, 말하고, 들어주고, 나누고, 표현하고, 머금고, 다시 생각하는 시간이 찬찬히 주어진 대화. 저에게 맑은 응원과 맑은 관계는 바로 이런 시간이 선선하게 주어질 때 절로 만들어집니다. 나와 너, 우리의 힘으로 관계의 거리를 마음껏 좁히고 넓히며 함께 웃어지는 방향으로 따로 또 같이 걸어가는 이야기를 쓰고 싶었습니다. 나의 걸음을 멈추게 하는 것은 결국 들어 버린 말이었고, 어쩌다 해 버린 말이었습니다. 나의 말로 누군가의 하루 또한 느려졌을지도 모르고, 나 또한 내가 해 버린 말로 자꾸만 뒤를 돌아봅니다. 그러니 듣기 좋았던 말을 선명히 기억하며 내일을 쳐다보고 하기 싫은 말을 삼키며 나를 지키자고 말하고 싶습니다. 한 명씩 좋은 어른을 희망한다면, 마주 본 이와 앞으로의 이야기를 나눈다면. 공공연하게 우리가 희망하는 예의가 스며든 세상을 꾸릴 수 있지 않을까요. 한 사람으로부터 번지는 힘은 분명히 크고 내가 보지 못하는 곳까지 닿아 그 자리에서 어떻게든 자라납니다. 숲에서 일어나는 모든 일처럼요. 우리가 사는 세상의 큰 숲속에서 작은 걸음으로 나아가는 이의 이야기를 읽어 주셔서 감사합니다.

듣기 좋은 말 하기 싫은 말

© 임진아

초판 1쇄 발행 2023년 11월 2일
초판 3쇄 발행 2024년 1월 23일

지은이	임진아	펴낸이	김동연
편집	고래씨	펴낸곳	뉘앙스
디자인	퍼머넌트 잉크	전화	02-455-8442
제작	크레인	팩스	02-6280-8441
		홈페이지	franz.kr/nuance
		인스타그램	nuance.books
		이메일	hello@franz.kr

ISBN 979-11-984917-0-1 03810

NUANCE